思想觀念的帶動者

文化現象的觀察者

本土經驗的整理者

生命故事的關懷者

心靈工坊 PsyGarden

Caring

生命長河，如夢如風
猶如一段逆向的歷程
一個掙扎的故事，
一種反差的存在留下探索的紀錄與軌跡

Insomniac City

不眠之城

奥立佛・薩克斯與我的紐約歲月

New York, Oliver, and Me

比爾・海耶斯 Bill Hayes ★ 著
鄧伯宸 ★ 譯

目錄

〔推薦序1〕幫忙我們更深入了解奧立佛．薩克斯的好書／賴其萬……9
〔推薦序2〕同是畸零人：奧立佛．薩克斯其人其事／林克明……16
〔推薦序3〕雖然哀傷，卻是一份帶來重生的禮物／畢恆達……21
〔推薦序4〕戀人的志業，同志的贈禮／張亦絢……24
〔推薦序5〕在愛中滿全：見證老年同志的愛情故事／王增勇……28
〔推薦序6〕凝視中的寧靜：品嘗海耶斯全然同在的愛／呂嘉惠……32

Part I 不眠之城

不眠之城……42
睡覺：失去……48
烏鴉……56

Part II

不死

奧立佛與我……65
成爲紐約人……69
地鐵中身犯……75
麥可・傑克森去世的夏天……84
地鐵釣客……98
寫在星星上的詩……113
搬家的男人……124
滑板大軍……141
謝謝先生……152
同一輛計程車搭兩次……170
哭泣的男人……187
不死……203
打字機……207

滑板公園 209
認得路的女子 225
搭載超級名模 238
阿里的菸草店 248
與樹共度一年 268
父親節 275

Part III

紐約叫人心碎

與伊蘿娜共度的午後 289
他的名字叫拉希姆 310
每個人自己的莫內 328
但是…… 342
凡我所沒有的 362
削鉛筆機 376

家 …… 402
後記 …… 406
致謝 …… 410
附錄：延伸閱讀 …… 412

海耶斯捕捉到了紐約市的狂熱、令人振奮的節奏，以及他與薩克斯度過的奇思妙想，既有趣又浪漫。

——《紐約郵報》（*New York Post*）

淒美動人！讀者會發現自己希望這兩個人擁有更多的時間，但正如海耶斯所說的那樣，他們沒有浪費時間。

——《出版人周刊》（*Publishers Weekly*）

海耶斯的書將看似不同的記憶線編織成一個庇護所——一個祕密的地方，人們可以擺脫過往執著的遺留，並準備再次重生。

——《舊金山紀事報》（*San Francisco Chronicle*）

買一盒紙巾，爲雪祈禱，這是本月份完美的週末閱讀。你將因這對戀人擁有的時間不夠長，卻已盡力美好，而落淚和拍手。

——《新聞周刊》（*Newsweek*）

幫忙我們更深入了解奧立佛・薩克斯的好書

賴其萬／和信治癌中心醫院醫學教育講座教授兼神經內科主治醫師

相信讀者大都與我一樣，是因為對奧立佛・薩克斯的景仰或好奇而閱讀這本書。但事實上，作者比爾・海耶斯除了是薩克斯的同性伴侶，本身也是鼎鼎有名的作家，著有《解剖學家》（*Anatomist*）等好書，曾榮獲古根漢獎（Guggenheim Fellowship，非小說類〔2013-14〕），也是攝影名師，其寫作與攝影屢見於《紐約時報》、《紐約書評》、《浮華世界》、及《紐約客》。作者以此兩棲專長，創造這部圖文並茂的大作。

初讀這本書時，我只注意與薩克斯有關的部分，但很快地，作者的文字與照片吸引了我全神貫注看完整本書。本書以一張非常別緻的俯瞰紐約市「有雪的十字路口」的黑白照片與薩克斯的一句話：「我不怕死，只怕虛度人生」拉開序幕，說出作者在罹患愛滋病多年的愛人因心臟病過世後，決定離開傷心地舊金山，而搬到紐約市。

全書由此導入以「隨筆日記」的體裁，由二〇〇九年五月九日的第一篇「奧立佛說，我應該記日記。所以我就記了。我隨手筆記，在紙片上，在信封背面，在雞尾酒紙巾上，有時候標上日期，有時候沒有。」直到最後二〇一五年八月二十九日，追述薩克斯生命的最後一夜，「就寢前，我進來看看他還需要什麼。我整理他的衣衫，親吻他的額頭。『我有多愛你，你可知道？』我說。『不。』眼睛閉著。他在微笑，彷彿看到美麗的事物。」隔天早上他呼吸逐漸緩慢而安詳過世，作者最後一句話，「我心已碎但平靜。」令人心酸。

我想以下列幾點分享心得：

一、**從容面對生命的終點**：

當他被告知九年前發現的眼睛黑色素瘤復發，已轉移到肝臟及其他多重器官時，他表示他對「為延長生命而延長生命」絲毫不感興趣。他已經有兩個兄弟死於癌症，而兩人都後悔做了可怕的化學治療，毀了他們人生的最後幾個月。「我要的是能夠寫作、思考、閱讀、游泳、和比利在一起、看朋友，如果可能，小小的旅行。」他不希望受到「恐怖的疼痛」，或陷入「尊嚴盡失」的情況。他很清楚地告知醫療團隊他不願意接受肝臟移植或化療等進一步治療，而秉持過去「寫作重於病痛」的原則，從容地完成其寫作計畫。

在二〇一五年八月二十三日，他對安寧照護的護士說出他的希望，「最後能在家裡，沒有痛苦，沒有紛擾，和身邊的朋友在一起。」而這他做到了。

但對他來說，「時間」卻意味著，他需要即時按照自己的意願「完成」自己的生命；透過回憶錄公開承認自己是同志，並看到書的出版；寫自己想要寫的東西；把一切都整理歸位。而這他也做到了。

最後，他終於寫出了他的自傳，也寫出了自己的私生活，包括第一次公開他與作者的同性戀關係。「那只是我的一部分人生。遺漏不是沒有，但全都是事實。」

二、**同性戀者的情愛**：

作者第一次見到薩克斯是因爲他的書《解剖學家》，引起薩克斯的注意與邀約，而作者深對薩克斯的「才氣縱橫、和藹可親、謙虛客氣、帥氣熱情」產生愛慕之心。後來他才發現，「就我所知，他不僅從未有過親密關係，也從未公開過同志的身分。三十五個年頭沒有性生活，這是他告訴我的。起初，我不相信；這樣一種僧侶似的存在——全心放在工作上，讀書，寫作，思考，令人肅然起敬，難以思議。」「無疑地，他是我認識過最不尋常的人，沒有多久，我就發覺自己愛上了奧立佛；那種感情更甚於愛，是我以前從未經驗過的，我崇拜他。」

書中可以看出薩克斯醫師在人生的最後階段才「出櫃」，而在這之前，他對他與作者之間的關係還是不太願意讓人知道。他也提到年輕時，身爲外科醫師的母親獲知他是同性戀者時的回應，「你是令人憎惡討厭的，但願我沒生下你」，而使他終生無法釋懷。而作者也在書中分享自己的經驗，「三十年前，當我終於把這事告知父母時，爸爸大驚失色，不知所措。」

作者透過他與薩克斯的親密關係，描述同性戀者的愛情生活。他們決定兩人各有自己的活動空間，薩克斯住在社區的八樓，而作者住在十一樓，兩人經常以電話相約到頂樓喝酒聊天。由作者描述他們的情愛，更能讓人了解不同性別傾向者的生活，使我們體會到一般人不應該只因爲他們與多數人不一樣，即以「不正常」標籤化。我衷心希望這本書可以幫忙大衆了解同性戀者，而能發揮同理心，減少對不同性別傾向者的「恐懼」、「歧視」以及沒有事實根據的指控。

三、**兩人對文學的嗜好，以及詼諧、睿智的對話**：

兩位文壇健將時而咬文嚼字、推敲字源，時而激辯搞笑，煞是有趣。譬如說，當作者表達「同感」時，習慣以英文口語回應「Me, too.」，薩克斯就故意糾正他，文法上應該是「I, too.」。作者教奧立佛開香檳，「這事他從未做過：砰！塞子彈開，他滿臉驚喜錯愕，真是開心。但他堅持要戴上游泳鏡，以防萬一。」

作者說，「在知識方面，我所懂的或許遠不如奧立佛，我沒有他那樣的才智，但我的感受力強，非常強，這一方面我影響他，一如他在知識上影響我。我們就像兩條狗，彼此沾染對方氣息。」

四、**我謹在此錄下一些薩克斯富有哲理，求知若渴的雋言佳句**：

• 美是悲傷的良藥。
• 假如有一種晶片可以植入追蹤一個人的用字遣詞，一如健身者戴著四處走動計算里程的計步器，我敢說，「好美」一定在我的十大常用詞彙之列。
• 當他們聽音樂節目主持人說，舒伯特死於三十一歲。奧立佛即時回應，「知道自己這一輩子已經創作了足夠的傑作，英年早逝是否就無遺憾？」
• 用語言具體陳述出來之前，你會意識到自己的思想嗎？
• 有的時候，我覺得事情尚有不足，弄到後來卻過了頭。我這個人，沒有中間地帶。
• 做過的事我不後悔，但後悔沒有做的。這樣說來，我倒像是個罪犯了……
• 你知道為什麼我每星期都要看《自然》（*Nature*）和《科學》（*Science*）嗎？因為我總會讀到一些令我驚奇的東西。
• 真想去上一堂基因學的速成課。
• 笑對人們大有好處——刺激產生愉悅的神經化學物質。
• 我們可以盡己所能去做的就是寫作——帶著見地、創意、批判、喚醒人心——寫出生活於當今世界的真實面貌。

‧人生任何值得走的路，總難免會搭錯車、受到意外耽誤，偶爾還會碰上機械故障。重要的是，要懂得掉頭，自會走上對的路。

‧每個人都是獨一無二的個人，找尋自己的路，活自己的生命，以自己的方式死亡。

‧新年的心願：願有生之年文思泉湧……

最後值得一提的是，本書作者以攝影捕捉不少薩克斯彌足珍貴的鏡頭、紐約市人物風景，以及以文字述說市井小民的故事，都帶給讀者意外的驚喜。

非常感謝作者寫了這本幫忙我們更深入了解奧立佛‧薩克斯的好書！

同是畸零人：奧立佛．薩克斯其人其事

林克明／美國加州大學洛杉磯分校榮譽教授、美國精神醫學會傑出終生資深會員

第一次讀這本書時，其實是蠻震驚的。我雖然對薩克斯這樣的神奇人物景仰已久，直至最近，對他的生平幾乎一無了解。攬書才知道傳聞上說薩克斯的同志傾向，果然是真的。由此再回頭細讀兩年前他剛過世時出版的《薩克斯自傳》（*On the More: A Life*，原書名《勇往直前》），在感佩他的活力、生機、才氣、毅力及他對世人——尤其是罹病之人——的關懷與接納之餘，更爲他坎坷崎嶇的一生而悲憐、動容。他的生涯看似平順，其實充滿了驚濤駭浪。他終能克服重重難關，成就一番事業，更是讓人欽佩。

薩克斯於一九三三年生於英國，爲家中四兄弟裡的老么，雙親及兩位長兄皆爲名醫，家

族中人才輩出，包括劇作家、政治家及諾貝爾經濟學獎得主。出身名門，自然有許多優勢與方便，但也可以是沉重的負擔。同時，薩克斯童年在第二次世界大戰的陰影下成長，生為少數族裔的猶太人，面對納粹黨徒滅族大屠殺的威脅，應該又是一個心理負擔的來源。

第二次世界大戰對薩克斯另一個重大的影響是，為躲避長期英倫大轟炸，薩克斯與他的三哥麥克被送到鄉間一所住宿學校，一住四年。校長苛刻嚴厲，動不動就拳腳相向，學童伙食粗劣，個個面有菜色。戰後回到父母身邊不久，一直照顧他的「患難兄弟」麥克開始出現精神分裂症（現名思覺失調症），病情反反覆覆，「重型鎮靜劑」雖能控制幻覺、妄想，卻也帶來「類巴金森症」之類的嚴重副作用。由於家族裡已有多人罹患類似病症，薩克斯成長於恐懼中，擔心有朝一日也步三哥的後塵，迷失自己。

但是他一生中最大的挑戰，應該還是如何去面對自己的「同性戀」傾向。中學時他發現讓他心動的，從來不是女性。當他終於鼓起勇氣向父母表白時，最令他傷心的是一向寵愛他的母親對此全然排斥。他從此諱言自己的性傾向，只有在異國旅遊時有過幾次用情或深或淺的短暫關係。到了四十出頭，他乾脆把自己包藏起來，沉浸於工作與無需伴侶的活動之中。他完全沒想到的是，三十多年後，到了七十五歲的高齡，他居然戀愛了，而且愛得轟轟烈烈，行動舉止，宛如情竇初開的處男。他戀愛的對象，本書的作者海耶思，小他將近三十歲，是位新近喪偶，爲逃避哀傷與失眠，由舊金山搬到紐約重建人生的作家。

薩克斯在這奇蹟也似的「黃昏之戀」發生之前，早已是功成名就的醫學大師與暢銷作家。他四十歲時出版的成名作《睡人》（*Awakenings*）及由之改編的電影，已成爲家喻戶曉的經典。之後幾乎每年一書，生動探討腦功能受損時出現的許多離奇症狀及患者的種種因應之道，也由此彰顯大腦的神奇與人之所以爲人的可貴。然而，相較於後半生的成就，薩克斯的前半生是過得很辛苦的。高中、大學時立志要成爲化學家，實驗室卻屢屢爆炸；學醫期間努力做神經科學實驗，紀錄了半年的數據資料卻意外自機車上掉落，隨風飄散。最後老闆說他最好去做臨床工作，「比較不會造成傷害」，只好放棄成爲大科學家的夢想。

不久他決定離家遠走北美，騎著越來越大（也越危險）的機車闖天下，最後終於落腳於舊金山，完成神經科臨床訓練，又在洛杉磯取得次專科資格後，遷往紐約就職。或因孤僻及恃才傲物，他的工作起初並不順利，與同事、上司常有磨擦，終被解職，又被趕出免費的醫院宿舍，一時頗有走頭無路之感。但他也因此而四處打工，得以接觸各色各樣的病人，成爲日後許多文章的素材。

在這尋找方向的漫長路途上，他也許因爲種種壓力，加上本身好奇衝動的個性，酗酒、飆車之外，也經常大量使用海洛因之外的幾乎任何成癮藥物，包括迷幻藥、安非他命及種種安眠藥，嚴重影響健康，多次戒斷的嘗試均告失敗，最後接受精神分析治療，才終於戒了癮。不過這究竟是精神分析的療效，還是因爲已經跌到谷底，再不振作就是死路一條，就很難說了。

薩克斯因爲放棄「純」學術研究，走出象牙塔，才有可能開展他的寫作事業，可以說是「失之東隅、收之桑榆」。他的成功，固然首先要感謝他的才華與毅力，但是除此之外，最重要的是他始終把「病人」當「人」看，堅持不論如何嚴重，疾病也只是他們生命中的一部分。疾病之外，患者還有他們的過去、他們的特質、他們的因應之道。他們不是單純受疾病擺佈的被動者，而是在受疾病限制的範圍內，還可以努力尋求意義、積極生活的人。這樣的生活，自然是孤寂、辛苦的，他們在這意義上都可說是「畸零人」。薩克斯能貼近他們、以他們爲師，因爲他自己也是個「畸零人」。

而這本書的作者海耶斯，也是個「畸零人」。從小爲同性戀傾向所困擾，好不容易找到一個固定的伴侶，相處十六年，竟一夕暴斃。紐約之於他，是爲了療癒。在這本書進展的過程中，作者逐漸擺脫哀傷，因爲他漸漸愛上了這個城市以及城裡老老少少、形形色色的人。他與薩克斯的戀情，無妨說是他對這個城市的愛的極致表現。他們的愛情，儘管短暫，已然豐富了各自的生命。薩克斯的離去，是海耶斯另一輪哀悼的開始。但是因爲他對城市裡各色人等的愛、對四季景象的愛，他這一次的適應，應該會比較沒有那麼艱難吧！

雖然哀傷，卻是一份帶來重生的禮物

畢恆達／台灣大學建築與城鄉研究所教授

不論因為何種機緣，當你從書架上拿起這本《不眠之城：奧立佛與我的紐約歲月》並翻開了其中某一頁時，別懷疑，此刻，幸福已然降臨。即使是翻譯的作品，仍然可以感受到如此美麗而充滿詩意的文字背後所蘊涵的深情愛意，讓人不忍釋手。

《不眠之城》是奧立佛・薩克斯的伴侶比爾・海耶斯緬懷他而寫的書。曾經出版《錯把太太當帽子的人》（*The Man Who Mistook His Wife for a Hat*）、《火星上的人類學家》（*An Anthropologist on Mars*）、《睡人》等書，以及回憶錄《薩克斯自傳》的神經科學家奧立佛・薩克斯，在台灣已經擁有眾多的讀者。長期受其睿智博學的書寫所吸引的讀者，絕對不希望錯過得以親炙其私密生活的機會，而我們也非常幸運，可以透過這本書近距離看到兩個極為高貴的心靈如何相知相惜，豐富了彼此的生命。幾乎是孤ㄚ一人度過一生的薩克斯，七十歲後能遇見如此懂得相互欣賞的伴侶，夫復何求。

這也不只是一本關於薩克斯的書籍，因為讀者即使對於薩克斯一無所知，它仍然是一本雋永、溫暖，讓人回味再三的好書。如果你到網上觀看作者海耶斯優雅地朗讀這本書，很難不沉醉其中。

《不眠之城》更是一本寫給紐約的情書。海耶斯痛失相處十六年的伴侶後，從舊金山搬到紐約公寓來調適心情。公寓樓下正好是一間法國餐廳。凌晨兩點鐘傳來的嘈雜談話聲、酒杯碰撞聲，當然不會治癒他長期的失眠，但是歡樂的笑聲可以修補他破碎的心靈，也讓他得以體會這座不眠城市的美好。喜歡紐約的人，不要錯過此書；讀了這本書，想必也會愛上紐約。立基於細緻的觀察，海耶斯說紐約的生活就像是約翰・凱吉（John Cage）的音樂，因為不和諧反而熱情動人，而他就是在紐約地鐵裡發現這個本質。

這不是一本講同志的書，因為它遠超越於此。二個質地甚為高雅的心靈交會在一起，有充滿哲理的交談、有情感撫慰、有身體溫度，任何人看了都會羨慕不已。海耶斯把在中央公園拍攝的樹木禿枝照片寄給薩克斯，他回：「那讓我想起納博科夫把冬天的樹比作巨人的神經系統。」兩人在屋頂，一起欣賞人行道上的路人，分析他們不同的走法：「有跨大步的，有小跑步的，有疾走的，有蹣跚的，有緩步慢行的……」，海耶斯探索薩克斯的嘴和唇，薩克斯把耳朵貼在海耶斯胸口，聽其心跳，數其節奏。薩克斯感嘆：「我喜歡那種朦朧的碰觸，你的手放我手上，忘我身之所止、忘你身之所始……」海耶斯幫薩克斯搔背，一面聽著音樂，薩克斯說：「如果有個行星，落雨，聲音有如巴哈，那該有多好？」

然而，這也是一本很同志的書籍。海耶斯一方面做爲生理男性得以成爲紐約的漫遊者，與街頭陌生的遊民、攤販、計程車司機、滑板族邂逅，帶領我們看見紐約底層的迷人之處。另一方面，從小在污名的社會中成長，磨練出同志異常細膩敏感的心。八〇年代愛滋的災難痛襲美國男同志社群，但也因此發展出關懷型男子氣概（caring masculinity）。男同志藉著彼此關懷照顧，來抵抗這個異常冷酷的世界。海耶斯的文筆與攝影作品，都傳達了這種極爲迷人的、觸動人心的細膩質地。

《不眠之城》雖然哀傷，但是同時充滿了重生的喜悅與愛。它是一份禮物。

戀人的志業，同志的贈禮

張亦絢／作家

我們有太多理由翻開《不眠之城：奧立佛．薩克斯與我的紐約歲月》，也有太多理由愛上這本書，更棒的是，我相信，很少有人能在讀完這本書之後，能夠不感到又更愛自己與世界了。

書中主角之一，神經科學家奧立佛．薩克斯，是我們這個時代的某種象徵，提到他，我們幾乎就會感覺到溫暖、信賴與寬容，他是上乘愉悅與處世智慧的化身——我已經不記得上次在美國公共電台中聽到他分享了哪些科學新知，可是我記得當時我笑得樂不可支。如今將要展開在讀者面前的，就是某人爲這個「幸福且令人幸福」的奧立佛所作的特殊傳記。

凡是牽涉到以衆愛之人爲對象的傳記，有時會出現某些症候，比如在奧斯華戮力爲鋼琴家顧爾德作傳時，儘管奧斯華對顧爾德珍愛有加，偶爾還是有「揭密以自詔，莽撞充客觀」的衝動，而出現「近廟欺神」的風格。這種缺乏自制的筆法，有時只有三、兩行，就足以使人扼腕敗興，不是因爲所寫人物不完美，而是因爲不夠平衡的作者，會減弱作品的緻密度。

因此，我摯愛《不眠之城：奧立佛・薩克斯與我的紐約歲月》的一個重大原因，就在於全書找不到這類型書寫有可能出現的小弱點與壞毛病。奧立佛被置於「我」與「紐約」之中，甚至一開頭就是從「我是誰？」的故事開始。然而因爲某種藝術的準確性與高度專注，我們只會覺得一切安排恰如其份，所有即興化龍點睛——我深深爲本書的文學才情所打動。在這裡，距離是爲了更好的分享，靠近可以豐富溫柔的動機。本身也是攝影師的作者比爾・海耶斯（本書收錄的攝影作品也極爲可觀），屬於那種兼擅圖像與文字的創作者，他傾吐、他捕捉、他紀錄——絕不含糊，絕不霸道——這種甜蜜神氣的書寫，眞是我們所說的「戀人的志業」。

讓我換一個角度談這本書。

你是否好奇一個四十八歲之人，再度找到愛侶的故事？嗯，我知道這很勵志，但不太勁爆，那麼，相距三十歲的戀愛呢？過了七十歲才開始的初戀呢？

這本書會完整地顛覆我們對長者或銀髮閃光的刻板印象——老來伴並不是無語對坐夕陽中，我簡直無法細數書中有多少妙語如珠，有多少如膠似漆……。我記得有次看到小學生在網路上留言，說因爲失戀而想自殺，我忍不住抱頭大叫：天啊，你還有的是時間啊！就算花十走出失戀之痛，你也才二十歲而已！繼而又想，究竟我們可以對哪個年紀的人說，你沒有時間了？坦白說，我是一個對「戀愛與年紀」觀念很開放，但實踐時有點糟糕的人：與比自己大一歲的人戀愛，就擔心自己智慧不足以匹配；與比自己小一歲的人戀愛，就糾結自己是否在拐帶人家——因此，讀到這本書中，忘年忘到十萬八千里的戀愛紀事時，眞是上了太寶貴的一課：簡直太有啟發、太釋放了。

是的，不只薩克斯在八十二歲癌末之前，快馬加鞭地留給我們他的出櫃自傳《薩克斯自傳》，伴他多年的愛侶比爾・海耶斯，正是這本《不眠之城》的作者。這令我想到在凱蒂・洛芙（Katie Roiphe）的《不要靜靜走入長夜》，其中最後一章也告訴我們，伴隨許多人成長或是繪畫啟蒙的莫里斯・桑達克（Maurice Sendak），除了是個藝術巨匠，也過著同志相伴的家庭生活。

也許有人會認爲，在無論政治界或企業界，處處都有同志出櫃的今日，多知道一對同志存在或是有人「是」同志，已不如往日震撼與重大。然而，我有點不同的看法。那就是，我認爲在這多樣化的現身書寫中，如今既不是單單爲了對抗「異性戀中心歷史對同志的抹煞」，也不是純粹鼓勵同志社群「如此命運既有過去也有未來」，它不再是一個「是」或「不是」（同志）的問題，而是更無懼標籤無畏分類的「如何是」，這個「如何是」展現了所有人可以如何共享文化——誰都想知道愛的祕方吧？誰不想習得愛的藝術呢？當社會越來越支持同志權益，同志也就越來越能報之以禮：《不眠之城：奧立佛・薩克斯與我的紐約歲月》既是同志美妙的惜愛之作，也成爲任何讀者都能從中汲取靈感與力量的獻禮——像科學、像美——我們越不設限，我們越爲打開——這無非就是人類眞摯的生存之道以及，芬芳神聖的：每日生活。

多麼漂亮的愛，多麼漂亮的一本書。我還是忍不住讚嘆。

在愛中滿全：見證老年同志的愛情故事

王增勇／政治大學社會工作研究所教授

當四十八歲的作者比爾．海耶斯與七十六歲的同志愛人奧立佛．薩克斯相遇時，奧立佛提醒他要開始寫日記，六年交往所留下的隻字片語，成爲這本書的初稿。每篇日記記錄著他們交往的日子，對於喪偶的作者而言，書寫每一天就意味著細細回憶這六年相愛的每個日子，我無法想像他是如何透過文字熬過書寫過程中的煎熬。但他走過來了，於是這本書的書寫本身就成爲作者哀悼失去伴侶的療癒過程。寫日記的習慣是奧立佛送給比爾的禮物，日記讓讀者進入另一個人的日常生活世界，從作者的眼光看到不同的可能。這本書是比爾對愛人的回禮，一來一往成就這本書，記錄著這份難得的遲暮之愛。

以《睡人》、《火星上的人類學家》等書名滿天下的奧立佛・薩克斯，在生活中卻是處於深櫃的同志。他的同性傾向曾被身為外科醫師的母親指責為「令人憎惡」，終身獨身並長期禁慾，七十六歲的遲暮之愛竟是這位備受尊崇的醫師作家的初戀，過世前六年的愛情，終讓他在自傳中勇敢出櫃。如果說晚年的遲暮之愛讓奧立佛・薩克斯的人生走出深櫃，面對自己的同志身分並活出自我，這本書的出版，則讓奧立佛・薩克斯從醫師作家的神聖祭台上走下來，成為活生生的平常人。他的故事因這本書而完整、立體。

像奧立佛・薩克斯這樣處於深櫃的老年同志不在少數，即使成就斐然如他，經年累月內化在身上的恐懼仍挾持他，使他無法面對自己的同志情慾。儘管在他最後出版的自傳中，他出櫃並提到這段愛情，卻仍輕描淡寫。做為同志，我深刻理解絕口不提自己就是一種害怕自身同志情慾被看見所建立的保護機制，因為別人就無法接近你，進而發現你的祕密。比爾在書中說，奧立佛從沒有對別人說過自己的生命故事，儘管奧立佛的書都是在說病人的故事。比一般老年同志幸運的是，奧立佛能在臨死前遇到相知相惜的伴侶，經驗他人生的第一次穩定愛情，在他七十六歲生日比爾深吻了奧立佛，科學家本性讓奧立佛驚訝地說：「這就是接吻嗎？或者，這其實你發明的什麼東西？」認真嚴謹的科學家初次談戀愛的純真，令人發噱。你能想像七十六歲的老人談戀愛嗎？書中所描述的細節，完全突破我們對老年人死氣沉沉的刻板印象，以爲老人無法談戀愛，但事實恰恰相反：一日他們預定要以游泳慶祝書寫的完成，但當天卻下大雨，但他們仍堅持在雨中游泳，充滿赤子之心。他們的愛情，褪去種種浮誇的裝飾，回到最根本的「同在一起」，有一次作者問：「還有什麼我可以為你做的嗎？」奧立佛：「活著。」是的，活著在一起共度每一天，就是最單純的愛。這本書用他們的日常生活挑戰異性戀社會對同志愛情的排斥，同時也挑戰同志社群內對老年同志的刻板印象。

不僅老年同志被歧視，喜歡老年人的同志也同樣面臨邊緣化的處境。中年之後的比爾連續經驗到喪偶之痛，他的生命歷程正是喜愛老年同志的族群俗稱的「考古族」同志生命寫照。喜愛老年同志的考古族注定在愛情中反覆經歷老年伴侶的生病與死亡歷程，而這些考古族在強調青春健美的同志族群中往往被視爲怪人，也因爲喜愛對象的稀少，視彼此爲潛在情敵而無法相互支持，因此他們在面對伴侶失落時往往缺乏必要的支持與陪伴。這本書的問世或許可以讓老年同志的伴侶所經歷的失落與悲傷可以被看見，讓社會多一些了解與支持。

書中記錄奧立佛過世的經歷，見證了臨終照顧與面對死亡的人生議題，一個每個人都會面對的議題。當奧立佛得知自己不久於世，他對餘生的期待：「我要的是能夠寫作、思考、閱讀、游泳、和比利在一起、看朋友，如果可能，小小的旅行。」他選擇利用剩下的時間給生命中的朋友與家人，一一寫信告別。連帶作者也想寫一封告別的信給奧立佛，但卻無力完成，因此請求原諒。告別所愛的人，原是如此困難。奧立佛死後半年所完成的這本書，未嘗不是作者寫給奧立佛的信？一封他生前無法完成的信。一位醫生選擇如此死亡，不禁想像，當面對自己的死亡，我會如何選擇？作者面對伴侶的過世固然極盡哀傷，但生者帶著因死者生命而豐富的自己，爲了他們而好好活著，並把這份禮物分享出去，成爲作者面對失落的依靠。當讀者因爲他們的故事而感動，比爾與奧立佛的愛情就會延續在別人的生命中，於是死亡可以被超越。在愛中，生命可以彼此圓滿，而死亡是其中的過程，而非終點。

凝視中的寧靜：品嚐海耶斯全然同在的愛

呂嘉惠／心理師、性諮商師、荷光性諮商專業訓練中心執行長

忍耐著對奧立佛・薩克斯的崇拜，以及對他的文筆、他的故事、他的渴望的想念，在拿到書稿時，我先翻閱了作者比爾・海耶斯爲本書所選的四十多張照片——在靜物中傳遞出人味與情感，在人物照片中傳遞出穩穩當當的生命力量。在海耶斯的鏡頭下，時間的脈絡被勾勒出來，他抓住的不只是那一瞬間，當你能停下來凝視，你會看到他所看到的「紐約」與「人」所擁有的獨特靈魂。

我開始好奇比爾・海耶斯，進而，上網搜尋了他的作品。在還沒閱讀他的文字前，從攝影作品中便感受到海耶斯細膩的情感。他情感流洩而出的對象是紅塵的點滴，是生命中或深

或淺駐足、擦身的過客。那麼清晰的愛與留戀，就從海耶斯看世界的視角傳遞給了我。

翻開書頁，除了奧立佛・薩克斯這個早就擄獲我的心的世界知名作家，海耶斯第一頁對於紐約的絕妙診斷便引人入勝：

如果紐約是一個病人，診斷結果想必是激動性失眠，一種罕見的遺傳體質，特徵是不眠不休、精力充沛、不斷攫取，再加上萝躁動——對一個從不闔眼的城市，一個你去到那兒就會變一個人的地方，這樣的形容實在再貼切不過。

專長失眠的人，看待世界運轉的方法想必不同於沾枕即眠的我，隨著他細細敘說那些生命中或有重大意義、或是平淡無奇的日子——遇見的摯愛、摯友或路邊攀談的小販、路人，隨著海耶斯的情感，我們踏進了與奧立佛・薩克斯獨特的愛與關係的咀嚼歷程。

對於本書的另一個主角，一生撰書百萬字，影響世人無數的仁心薩克斯，面對寫作是這樣說的：

我們可以盡己所能去做的就是寫作——帶著見地、創意、批判、喚醒人心——寫出生活於當今世界的真實面貌。

「我說我愛寫作，但我真正愛的是思考——思想的湧流——在大腦中形成新的連結。而且突如其來。」奧立佛笑著。「在這樣的時刻：我感受到這種世界的愛，思想的愛……」

在病痛降臨、生命預期終了前，在海耶斯協助下，薩克斯仍然振筆疾書，與其說他對寫作熱愛，我更感受到他是多麼珍惜那些不保證一定留存的吉光片羽、靈光一現。那些珍貴的訊息在大腦中閃現交織，大腦解密專長的醫學大師總迫不及待想帶領世人探觸了人體的奧妙，貼近宇宙的不可思議，並讓我們更明白身而爲人該有的謙卑。

二〇〇九年五月二十九日，奧立佛跟海耶斯說，你該記日記了。海耶斯開始隨手在紙片上紀錄下短句、心思，而這些成了本書除了攝影照片外的主幹，溫柔地將兩人的情感交織鋪陳，呈現在讀者眼前。

海耶斯紀錄著紐約陪伴他與薩克斯所經歷的人生，他的文筆，一如他的攝影作品，題材是平凡的生活日常、互動片段，然而取景的美、手法的細膩，卻像是高明的紀錄片導演，沒有任何刻意造作，就在平淡的紀錄中流洩出愛，以及沉澱的內心、痛處的療癒。

三十五年沒有性愛，在愛與親密關係上怯懦拘謹的奧立佛·薩克斯，在七十五歲時遇到痛失伴侶而到紐約療傷的海耶斯，他們探索著彼此——從腦中所想、心理所感、身體所觸，再到生活與病痛，共同經歷著紐約的生意盎然，並在其中安然死亡。帶著對彼此無盡的好奇，他們在深度的探索中交織出的，是動人的愛。

我吻他，很久很久，探索他的嘴和唇，用我的舌頭，莫名驚訝寫在他的臉上，他雙眼仍然閉著：「這就是吻嗎？或者，這其實是你發明的什麼東西？」

薩克斯：「我喜歡那種朦朧的碰觸，你的手放我手上，忘我身之所止，忘你身之所始……」

二〇一五年八月十一日，薩克斯在病痛中：

時間是凌晨兩點。他要用浴室。

「抱住我，」我指示他。他將兩臂繞著我的脖子，我拉他靠近自己，讓他在床沿坐起身子，然後讓他站起來，停一會兒，確定他站穩了。我親吻他頸項。「一天之中這是我最喜歡的部分。」我對他說。

二〇一五年八月二十九日，薩克斯往生前：

昨夜，打算小睡一下之前，我進來看看他是否需要什麼。我幫他把被子塞好，並親吻他的額頭。

「你可知道我有多愛你？」我說。

「不。」眼睛閉著。他在微笑，彷彿看到美麗的事物。

「非常非常愛。」

「好，」奧立佛說，「很好。」

「祝好夢。」

這些話語，戀人間流動的愛意，溫柔地探觸著我的心——因爲他紀錄的、深愛的，是這樣令人崇敬的大師吧！在海耶斯的情感中，我無法不直視或是放大薩克斯的存在——那樣溫暖、正直、熱愛生命。我不只是感謝能得知自己崇敬的大師晚年到往生前仍充滿熱情地面對生命到最後一刻，這歷程點滴的紀錄，也帶給我莫大的啟發。

因爲，愛薩克斯的是海耶斯吧！——那樣全然地同在。

我更感謝海耶斯的愛，是那麼美、圓滿與動人，讓我能參與兩人陪伴彼此的每一刻。我想，就如同這段愛情是從薩克斯寫信給海耶斯，盛讚他的《解剖學家》一書，且遺憾未能替他寫序開始，不管誰寫誰，他們兩人的相遇都爲這世界留下了溫暖、愛、與讚嘆。

獻給南西・米勒（Nancy Miller）
並紀念奧立佛・薩克斯（Oliver Sacks）

有雪的十字路口

我不怕死，但怕虛度人生。

——奧立佛・薩克斯

Part

I

不眠之城

不眠之城

八年前搬到紐約，就像回家一樣，很快就適應了。蒼白的建築，充血的天空，以及永不停止奔馳的列車——一如我自己那顆夜裡疾走的心——置身其中，我認出了那個夜貓子的自己。如果紐約是一個病人，診斷結果想必是**激動性失眠**（agrypnia excitata），一種罕見的遺傳體質，特徵是不眠不休、精力充沛、不斷攫取，再加上夢躁動[1]——對一個從不闔眼的城市，一個你去到那兒就會變一個人的地方，這樣的形容實在再貼切不過。

一個家住了二十五年，但搬離舊金山，我沒有帶多少東西過來，一來是想要撇下任何足以讓我想起過去生活的東西，但也有更實際的理由。新家幾乎可以說是一間樹屋，沒有電梯的公寓，小小的頂樓，齊眼的都是臭椿樹的枝幹，連多擺個書桌、椅子、床墊的空間都沒有。其實，還真沒有必要多帶什麼東西，這裡，放眼望去就是一幅壯麗的曼哈頓景致。

剛租下這個地方時，不知道樓底下就是一家有露天座位的法國餐廳，營業到凌晨二點。

醒著躺在床上，六層樓下，酒杯碰撞聲，敬酒吆喝聲，聲聲入耳。剛開始時還眞是擾人。但過沒多久，卻發現了一個此前未曾留意的現象：笑聲騰騰揚起。聽著人們開心的笑聲雖然無助於治療失眠，但對破碎的心靈卻不無修補之效。

有時候，黑暗中獨坐廚房，凝視帝國大廈與克萊斯勒大廈，他們眞是一對璧人，男士衣冠楚楚，全副套裝，每晚不同色調，至於女士，相去一臂之遙，裙帶生輝，月華爲色。在我眼裡，儼然一對老夫老妻，平靜地，一瞬不瞬地看顧著我這個他們新來的孩子。而我也做出回報：當帝國大廈熄燈，彷彿要在日出前小睡一會，那一刻，我定會守在那兒。

生活中還有另一個發現：夏日時分，三更半夜，有人逃出汗濕的床單，就著街燈，乘著夜涼讀書。放心好了，絕不是讀 Kindle 電子書，也不是 iPhone，而是書，是報紙，是小說，是詩，全神投入，彷彿這世界全屬於他們。事實上，的確也是。若不是有一天夜裡失眠發作，出去散步，抄捷徑穿過阿賓頓廣場公園（Abingdon Square Park），還眞不知道會有這副光景。

第一個看到的是一位老先生，讀一份報紙，上面已經有多篇文章被（他老婆？）剪掉，活像一塊破爛的鏤空墊飾。我躡手躡腳走過，彷彿穿著室內拖鞋，而他，儼然窩在家裡的

La-Z-Boy 沙發上，連眼睛都不抬一下。

接下去，看到一個年輕人，讀一本有著顯眼的磚紅色封面的平裝書。他手裡拿的是什麼傑作，我心裡有譜，但還是想要確定一下，便假裝把鑰匙掉落在附近，彎下身子以便看個明白。就那當兒，年輕人換了姿勢，斷了我的追根究柢。但那也沒關係。這一來，我就任著自己的想像飛馳，想像他正把自己想像成是霍登・考菲爾德[2]。

公園另一頭，看到一個中年婦人沐浴在維梅爾[3]會喜歡的光暈中，讀著一本看似教科書的書。是一位教師在爲明天備課，還是一個學生在做最後衝刺，又或者兩者皆非？或許，她只是在自學吧。

當然啦，並不是每個醒著的人都是不眠一族。城市依然活力十足，門衛、單車送貨員、掃街人、街友、落翅仔、早起辦貨的廚子，不期然地從路邊冒出來。只要碰到人，我盡可能揮手或點頭打招呼。我漸漸相信和氣自會以意想不到的方式得到回報，而你如果覺得寂寞或疲憊或鬱卒，只要從自己的窩裡走出來，紐約——我是說紐約人——自會招呼你。

一天晚上，從朋友處回家的路上，在哈德森街人行道上看到一張一美元紙幣。即便是活到了我這個年紀，碰到這樣的事情，還眞有點驚喜。意外之財！我彎身去撿，對面一個婦人也正好做出同樣的動作，「一塊錢。」我聽到她咕噥著說，我們的頭幾乎碰到了一塊，兩個人都笑了起來。不巧的是我剛好先她一步，但若就此據爲己有就太有失君子風度。「喏，是妳的。」我說，將錢遞給婦人。

「不！不對，是你的，你先撿到的。」

「不，別客氣，拿去吧。」我說道，但這時她已經走開，挽著一位英俊的男士；她已經有了她的獎賞。突然間，我靈機一動，在她身後喊道：「我把它留給其他人！」

「漂亮！」她回過頭來說道，「晚安！」

我把一美元丟回到人行道上。它解脫了：把錢丟掉，或說得更精確一點，把它丟給了命運，一如我以四十八歲之年把自己的人生搬到了紐約來。

走了幾步後，沒騙你，我躲到一棵樹後面，想要看看事情會有什麼發展。一對男女經過，沒注意到那一塊錢，接著，另一個也走了過去。最後，一個男子，大約我的年紀，朝著我走來。肩膀拱起，一臉愁容，正抽出一根香菸。肯定是個失眠的人，我心想。**希望你擁有它。它是你的。你該得的。**

我躲藏得很好，看著那位仁兄注意到了那一塊錢。只見他停下來，環顧四周是否有人在附近。或許是前面的人掉的？不是，人行道上空蕩蕩的。他撿起那一塊錢，放進口袋，帶著一抹淺笑，繼續走下去。而我，也一樣，打道回我的樹屋。

【譯註】

1. 夢躁動（dream enactment），快速眼動期的一種行為失調，是意識還在睡覺狀態，但運動中樞卻醒著，這時候，人會開始反應夢中的行為，譬如拍蒼蠅、打人、跑步之類，但夢躁動並非夢遊。
2. 霍登・考菲爾德（Holden Caulfield），美國作家 J. D. Selinger 名著《麥田守望者》（*The Catcher in the Rye*，台灣譯本《麥田捕手》）中的男主人翁。
3. 維梅爾（Vermeer, 1632-1675），十七世紀荷蘭黃金時代畫家。

冬天的樹

睡覺：失去

我常這樣想，唯一比失眠更糟糕的是，失眠的時候，旁邊有一個人倒頭就睡，而且無聲無息一覺到天明。

在我的人生中，超過十六年的時間就是這樣度過。在舊金山，我和一個男人同住，沒錯，他不睡則已，一睡就有如一個嬰兒。許多個夜晚，我眞的想要偷走他的睡眠——潛入他的眼皮底下，將睡眠從他的眼睛裡面拽出來；就像三更半夜的《安達魯之犬》的劇情那樣[1]。但我卻沒有，我們在一起的時候，至少有十分之一時間，我在床上不是醒著，就是看書度過。到頭來，史蒂夫在我身旁心搏停止[2]時，我居然睡得人事不知，如今看來還眞是天大的諷刺。十年前的那個晚上，如果我沒有服用半片安眠藥，是否就能醒著救他一命？

他的笑聲我已不復記憶，但睡覺的樣子卻還清楚記得：腦袋杵在揉成一團的枕頭上，結實的臂膀，嘴角——大力水手（Popeye）叼煙斗的地方——呼出暖暖的氣息。在我看來，這也算是失眠的好處。我有的是時間研究史蒂夫安睡的樣子。

他的死來得既快速又令人難以理解：才四十三歲，十分健康，沒有心臟方面的病史。起初，我還以爲他是在做惡夢，但見他劇烈扭動翻滾，連話都講不出來，便打了九一一，並開始做心肺復甦，接著救護人員抵達。我記得，他們一直問我，我們是否吸毒。這問題實在荒謬，因爲史蒂夫生活嚴謹，十分注重健康，甚至連啤酒都不沾。他們將他送去急診，距離幾條街而已，但到了那邊，人已經去了。

樓上鄰居聽到騷動，親自陪著到醫院。維琪把我從急診室地板上撐扶起來，盡力安慰我，然後去照料史蒂夫，拿一床乾淨床單覆蓋他的遺體，仔細把每一邊角都塞好，我用手指幫他闔上眼睛時，她在一旁靜靜禱告。我必須簽一些文件，但人事已盡。等到一切弄妥，我跟她說可以走了，不知道已經過了多久時間。她又陪著我走路回家。

到醫院去才不過兩個小時，回到家裡，我只能說，整個人無論肉體或精神都麻木了，但卻又清楚感知所有的一切——**所有的一切**——那盡是傷痛。我們的臥室，看起來像是經歷了一場大地震——急救人員撞倒一盞燈，床鋪歪斜，一只玻璃杯打破，滿架子史蒂夫喜歡的科幻平裝書散落一地。地板上到處都是腎上腺素注射器及電擊器的套子。維琪和她丈夫動手清理髒亂，並打電話叫我的朋友珍及保羅過來。我則癱在另一個房間裡。如果史蒂夫是死於一場地震，對我來說，或許還更能夠接受。

幾天過後，我去看一位牧師。史蒂夫和我都不信教，但我想找個人說話。她絕口不提上帝、天堂或來世，人十分好，比較像是個醫師在做診斷。「深創巨痛的喪失非常類似大腦受傷。」她說。話說得緩慢，對我十分受用。「你魂不守舍，有如活死人，渾渾噩噩，感覺像是在吸毒[3]……」

有的時候，你**還真的**有用藥[4]，我在心裡想。

為了保險起見，我習慣在醫藥櫃裡放一本筆記本，草草記下一些東西，譬如：「十一點，服過安必眠[5]。」以便回答四個鐘頭後醒來時必然會自問自答的問題，要不就是這樣寫著：「2×@3」，意思是凌晨三點兩顆贊安諾[6]——不，且慢，也許是下午三點？總之，不記得了。

日子在哀傷中度過，剛開始時，睡得極少，飯都不記得吃，覺得自己不生不死，活得完全沒有自己，唯其如此，才覺得與史蒂夫特別靠近。同一段時間，不斷與陌生人碰撞出奇妙的火花——不期而遇的，拉我一把的，無論是在郵局或在雜貨店，或只是講上幾句貼心話。

那時候，我深信不疑，他們全都是他的化身。

有一天，遇見一個人，有一個天使的名字。法國人。口音重得不得了，聽起來像是裝出來的。攀談起來，講起我的遭遇。「你會好起來的。」伊曼紐（Emmanuel）[7]脫口說出，「否極泰來嘛。」他這是經驗之談。六年前，他的伴侶死去。但他講的時候，不用**死**這個字眼，也不是用那種我討厭的委婉說法：**過世**。他說的是：「當我的伴侶消失了……」我明白，這並不是因爲他的英文爛，或是表達錯誤，但我還是有話要說：「你說『消失了』……」

他點頭。

「那也正是我的感覺。」

一般人或許會以爲，對一個失去伴侶或配偶的人來說，夜裡是最難熬、最漫長的。但對我來說卻不是這麼回事。晚上，我習慣了一個人過，一個人醒著。最初幾個星期過去，頂多也還是平常的睡眠問題，再也沒有別的了。之所以如此，我以爲部分原因在於史蒂夫和我從來沒有相擁而睡的床上時光，因此，我並沒有少掉什麼東西的失落感。但話又說回來，他在床邊上的枕頭，隔了很長一段時間我連碰都沒去碰，我不敢。因爲，他死後的那天晚上，我發現一束街燈的銀色光線恰恰穿過窗簾照進來，在他的枕頭上投下一縷捲繞的淡黃光輝。光線是陰影的反面。那正是我對於何謂魂魄所能想出的概念。

隨著早晨來臨，不見了那道光線，白天竟變得空虛難熬。這樣的感覺得要花三年時間——大約一千個日子——才會消失，過來人都這樣說。結果證明他們說得確實沒錯。但有一件事情，他們卻沒說，是我自己發現的：一千個日子就是一千夜晚，也就是一千個夢到他的機會。

通常都是這樣的夢：有人挖出他的遺體，開始做心肺復甦；他立刻活了過來，一點問題都沒有。我見到他行走，講話，儼然一個頂著平頭的現代拉撒路8，一副完好的軀體，咧著嘴直笑。從死亡回來，卻未被死亡變形，唯有一點，卻是關鍵的不同：他不認得我了。變形的不是他，是我。

過了一陣子，我試著約會，做些吃飯、看電影之類的事情。頗碰到了幾個不俗的哥們，但絲毫提不起興致。有一個人，我跟他交往了大約一個月。他的名字，你猜也知道，叫史蒂夫。儘管從一開始就有親密行爲，但直到第四個星期，我們才一起共度夜晚。他一轉身就沉沉睡去，那情景至今如在眼前。月光照耀下，他的背，讓我想起消失了的史蒂夫。

努力了好長一段時間，那是我最後一次嘗試。從此以後，我會打發他們回家，或者我自己走人，視情況而定。失眠是我的藉口：我寧可在自己的床上睡不著，我這樣辯解。但實際上完全不是這麼回事。我或許會想要留下來，但卻無法想像與另一個人一起入睡，就像我無法想像再度陷入戀愛一樣。

離奇的是，有的時候發生的是相反的狀況：在我抽身離開前，我便有戀人陪著。我會將他摟在臂彎裡，像戀人們那樣，夢幻般天南地北聊著，彷彿兩個接受心理分析的人面對著一個看不見的榮格。當談話間短暫的停頓延展成長長的靜默，接著我便會聽見那絕不會認錯的呼吸變化——他已經沉沉睡去，而我卻沒由來地自責起來，彷彿芸芸眾生之中偏偏是我，擁有一雙厚普諾斯[9]的手臂。這似乎是個小小的奇蹟。但麻煩來了：當我把他摟得更近些，用鼻子磨蹭他的頸項，不由得便想起希臘人的智慧：睡神有一個同卵孿生兄弟，塔納托斯，死神。

「譯註」

1. 《安達魯之犬》（*Chien Andalou*），西班牙導演布紐爾（Bunuel）及畫家達利（Dali）合拍的一部超現實短片，片中一開始就是一段男人用剃刀割開女人眼睛的情節。
2. 心搏停止（cardiac arrest），心臟因不能有效收縮，導致血液循環停止的現象，若無法獲得及時救治，一般會在數分鐘內死亡。
3. 原文drugged，這裡指吸毒。
4. 原文同為drugged，這裡指的是服用安眠藥或鎮靜劑等具有麻醉作用的藥物。
5. 安必眠（Ambien）是一種安眠藥，中文商品名稱是「使蒂諾斯」（stilnox），在台灣屬第四級管制藥品。
6. 贊安諾（Xanaxes）主要是一種抗焦慮藥物，副作用是嗜睡，所以也用來治療失眠。
7. 伊曼紐，《舊約．以賽亞書》中先知預告童貞女所生之子的名字，意為「與神同在」，象徵上帝會保護大衛家族。所以作者說是天使的名字。
8. 拉撒路（Lazarus）見《新約．約翰福音》，耶穌的好友與門徒，重病死去，經由耶穌奇蹟式地復活。
9. 犀普諾斯（Hypnos），希臘神話中的睡神，居住於冥府，孿生兄弟塔納托斯為死神。

春天的影子

烏鴉

史蒂夫去世五、六個月之後，我和一個小伙子在一起，名叫路克——不是來眞的，露水一場而已。我們在太平洋高地[1]的全食生鮮[2]認識，他是那邊的職員，整整小我兩個十年，比起史蒂夫來，凡是想得到的，沒有一處相同，卻又有一樣例外：他生得實在像他。高大結實，塌鼻子，凸下巴，一雙又大又重的手，有如捕手的手套。起先，我還沒看出來，直到幾個月過去，許多龍舌蘭酒下肚。實際上，是一個朋友擔心我迷上路克這個嗜酒、飆機車、刺青、因類固醇過量而脾氣暴躁的德州佬，給我點出來的。那時候，我早已經知道，路克不但有一個男朋友，而且還有另一份工作，用的是另一個名字。他是個色情明星——一個我不輕易使用的字眼。說他是明星還眞的當之無愧，他以藝名領銜過好幾十部色情電影。之前我不知道，是因爲我一向不看色情的東西，但色情倒是其次，我在乎的是那個男朋友。事實上，我發覺挺有意思。所謂重新創造一個自己——給自己一個新的名字，一個新的身體，一個迥然不同的生活——非常吸引人。不知不覺，我自己就已經開始這樣做了。

那段期間的一個晚上，在健身房，我看上了一個英俊的傢伙，他也對我有意思。我們在淋浴間打了照面，他便跟著我出了健身房，進到停車場。「我叫謝恩。」他說，伸手和我握手。

「我是比爾。」我說，接著加上一句：「比利。叫我比利吧。」

話脫口而出，我連想都沒想。我被人家叫了幾乎一輩子的比爾，而「比利」這個名字倒是對「比爾」不再適用的部分很恰當。這個名字聽起來像小名，這我很清楚。小時候，大家就都叫我比利。但人到中年，似乎又不是這麼回事了。比利聽起來反而比我老成些、結實些，不是那麼脆弱。

換了名字，樣子也就跟著變一下，把頭剃了，鬍子蓄起來，多些肌肉，外加一處刺青。說到刺青，我一直都喜歡，可史蒂夫也不知爲什麼總是排斥，若不是爲了他，我早就刺了，至少刺滿整條手臂。但有些出乎意料的事情——至少我料想不到——卻隨著史蒂夫的死而來臨。他的想法，或他會怎麼想，對我來說通常都重於我自己的觀點，這一來全都不一樣了。雖然我覺得史蒂夫始終都在看著我，但隨著他的死，他的任何判斷都被丟到身後了。他不再贊成，也不再反對。他不能投票了。他希望於我的，我覺得，只有一件事，就是要開心。

我設計了一個刺青，象徵一個生命的結束和另一個生命的開始——羅馬數字的10／10，史蒂夫去世的月份和日子——就刺在手腕上。痛得要死，但我甘之如飴。事後，到路克那裡去慶祝，拿龍舌蘭酒和大麻充當麻醉止痛。回家已是深夜，我把每個房間的百葉窗簾都拉起來。屋子裡，牆上所有的東西都剛拿下來——我們的照片和海報——並清掉一堆家具，包括史蒂夫和我那些年睡過的床，那張他死在上面的床，地板上只留了一張泡棉墊子。看起來像是有人搬家搬進來一半，又像是搬出去一半，不論哪一種情況，都頗能反映我的現狀。月光下，實木地板閃著清輝，冷風帶著霧氣穿過敞開的窗戶進來。我整個人酩酊醺然，戴上iPod。那段時期我會反覆聽幾首歌曲——碧玉（Bjork）的Hyperballad、Unravel、Undo，電台司令（Radiohead）的There, There，以及瓊妮．密契爾[3]的《烏鴉》，一首無法跳舞的歌，而我卻舞到欲罷不能，大汗淋漓。我發覺，撫慰悲傷，音樂最具療效。

第二天醒來，床單沾了斑斑血跡和刺青的黑色墨漬。跌跌撞撞進入廚房沖咖啡，眼見前一晚留下來的痕跡，不覺啞然失笑：我在整個人亢奮到極點時，竟在廚房一面空盪的白牆上寫下了《烏鴉》的歌詞：

我這一生逍遙風光糜爛浪蕩踴身躍入
躍入追逐花花世界

★

隔沒多久，決定離開舊金山，到倫敦待了一個月，在卡姆登（Camden）向一個朋友分租一間公寓，實際上沒花什麼錢。臨走前，把家的鑰匙交給路克——請注意，並不是複製的，而是史蒂夫的那一套——回想起來，還眞有點怪異。之所以這樣做，我給自己的理由是，路克正和他的男朋友鬧得有點不愉快，偶爾或許會需要有個地方棲身。但實際上不是這麼回事，我心裡想的是，這個超像史蒂夫的替身可以睡我的床，棲息在我的空間。

之所以是倫敦，可不是隨便挑的。史蒂夫和我曾經兩度去那兒，爲我的上一本書做些調查，一去就愛上了這個城市。舊地重遊，我以爲可以讓自己心情好些。天哪，還眞是太天眞。飛機才一起飛，我就淚流滿面。若不是隨身帶著的一件東西：相機，我很可能在倫敦待個幾天就轉身走人了。

離開舊金山前一晚，一時興起，買了一台袖珍型佳能（Canon）數位相機。如果當時有仔細考慮，我鐵定會打消這個念頭；畢竟我是獨自一人旅行，既無旅伴，自無需到觀光景點去為任何人留影或合影。但我很快就明白，相機本身就是我的旅伴。由於一機在手，便給了自己一個理由，每天走出公寓，到從前尚未走動過的倫敦街上取景拍照。

照片不為別人拍，全都為自己，這跟過去挺不同。過去十六年，我的作品，大體上來說都把史蒂夫擺在第一位（三本書都是題獻給他）。我們的生活面對許多挑戰。他有愛滋病，人類免疫缺乏病毒（HIV）帶原，我則是HIV陰性。他患過多種愛滋病引起的疾病，包過慢性腹瀉、肺炎、消耗性症候群、夜汗，還有不太尋常的，一種良性腦部腫瘤，導致一種名為肢端肥大症的病癥（為此動過神經外科手術），我們都一路走了過來。一九九〇年代後期，蛋白酶抑制劑問世，保住了他的性命，也讓他過上了幾年好日子，健康情況穩定。他突然心臟病發去世之所以令人震驚，這只是原因之一；其最可能的肇因在於心室纖維性顫動，解剖結果證實，與HIV沒有直接關係。

倫敦的照片雖不是為史蒂夫所拍，卻張張有他。譬如，他對於倫敦地鐵無所不愛，我也就因此在地底下耗了許多時間，搭乘列車，流連車站，登上陡峭的電扶梯，擷取畫面。

地鐵上，公園長椅上，街上，情侶雙雙對對挽著手，恩愛洋溢臉上，我心爲之著迷。但我卻不能拍他們的臉，不是不好意思要求他們讓我拍，而是他們的笑容令我心碎。因此，我拍他們的手，十指交織，彷彿祈禱，或是他們的腳——搖曳性感，舞出親吻的前奏。

在倫敦期間，適逢史蒂夫生日，應該是四十四歲了。我決定舊地重遊他特別喜愛的地方，諸如大英博物館的羅塞塔石碑[4]及卡姆登一家小漫畫書店。但一路上儘管想要拾掇他的氣息，卻盡皆了無痕跡。

那一日最後，走了許多的路，曲曲折折穿越倫敦一座又一座橋樑，隨身帶著幾件想丟卻又捨不得丟的小物件，譬如他一直收在舊金山家中醫藥櫃裡的隱形眼鏡。對我來說，隱形眼鏡就和他的眼睛一樣，根本就是他身體和生命的一部分，沒有它，他幾乎什麼都看不見。我將它拋入了泰晤士河，並感謝他讓我看到了許許多多的事情。每走過一座橋樑，就是一次淨化儀式，一次淚水的洗禮。走到倫敦橋時，撒盡他最後的骨灰，他的遺物唯一還未丟進河裡的，就是我自己了。其實，這一點我也不是沒有考慮過。

★

悲傷並非人類獨有的經驗。科學家都同意，同爲靈長類動物的黑猩猩、人猿、狐猴也都會表現悲傷的行爲，譬如恆河猴，幼猴死後，母猴啣著遺體不放，日復一日深陷悲痛，不忍離棄，直到僅餘皮骨。

又譬如灰雁之類的野雁，一如天鵝，終生守著一個伴侶，配偶去世或失蹤，同樣都會引發傷心欲絕的行爲。一開始，是急著找到失去的伴侶，幾乎廢寢忘食，日夜不停，四處尋覓，飛越長遠距離，遍訪每一個可能尋獲的角落。

如此瘋狂尋覓，尋找者往往會失去方向，再也無法重返棲息地，因爲可能遭遇天候阻撓。即使得以返回，性情也明顯改變，變得退縮膽怯，甚至連最幼小最軟弱的同類都會避開。這時候，開始出現恐慌，變得很容易遭遇不測，無論年紀多大，其在棲息地的地位都會降至最低。此外，身體上也會出現變化。

「一如人的眼部所現，在雁的眼睛附近，會染上一層無法抹除的深層悲傷。」諾貝爾獎生態學家康拉德・勞倫茲（Konrad Loenz）指出。「交感神經的張力降低，導致眼睛深陷眼窩，另一方面，眼睛下方支撐眼睛部位的顏面肌肉也失去了強度。兩者相乘，眼睛下方便形成一疊鬆弛的皮膚，成爲悲傷表情的典型，最早可以追溯到古希臘悲劇的面具。」

但話又說回來，一如飽受悲傷之痛的猩猩、犬或烏鴉，灰雁到底大不同於痛失至親的人類，牠們不會流淚。動物眼睛產生淚水，作用在於潤滑，並不會因爲傷心而流淚。至少到目前爲止，我們所知道的是如此。有的時候，我不免懷疑，無論現在或未來，這可能只是因爲人類觀察不到罷了。或許這些孤獨心碎的鳥兒，如同我的遠走倫敦，不是爲尋找失去的伴侶，而是頂著凜冽的寒風獨自垂淚。

「譯註」

1. 太平洋高地（Pacific Heights），舊金山一個街區，多豪宅及極富盛名的建築。
2. 全食生鮮（Whole Foods），美國生鮮食品連鎖賣場。
3. 瓊妮（Joni Mitchel），傳奇音樂家、畫家、詩人、視覺藝術家。
4. 羅塞塔石碑（Rosetta Stone）是一塊製作於紀元前一百九十六年的古埃及石碑，為近代考古學家解讀埃及象形文字的主要材料。

地鐵之愛

奧立佛與我

他寫信給我。我們就這麼認識了。他讀了《解剖學家》（*The Anatomist*）[1]的校樣，十分欣賞（「我本來打算寫一篇推薦」，但「一不小心就給忘了」——這樣的認錯還眞是可愛）。當時，我還在舊金山，那是二〇〇八年年初。那個年頭，人們還經常寫信（沒多久以前的事），當一個人收到來信，便會坐下來寫封回信。

「敬愛的海耶斯先生……」

「……敬愛的薩克斯醫師[2]……」

就這樣，奧立佛與我之間開始了魚雁往返。

一個月後，我剛好在紐約，便應了奧立佛的邀請，前去拜訪。在他辦公室對街的小餐館共進午餐：蛤蜊、炸薯條，幾巡比利時黑啤酒。我們黏著桌子不走，聊天，一直聊到下午，發現彼此除了寫東西外還有別的共同點：他也是夜不入寐，失眠了一輩子，來自一個失眠的家族（「小小年紀就知道，沒有鎮靜劑就沒得覺睡。」他調侃著說）。

我不知道──也壓根沒有想過，就記憶所及──他是異性戀還是同性戀，單身還是有伴侶。對於這兩個問題，直到用餐結束，我依然沒個準，只因爲他這個人既拘謹又莊重，這都是我所沒有的特質。但我心裡明白，自己倒是怦然心動，油然有愛慕之心。但誰不會呢？他才氣縱橫，和藹可親，謙虛客氣，人長得帥，孩子般的熱情動不動噴湧而出。我深深記得，談起十九世紀的醫療文獻，他一發不可收拾，「根本就是小說的體裁」──一種我也擁有的熱情。

我們保持聯繫，我把自己在中央公園所拍攝的光禿樹枝寄給他。我認爲那很像微血管。而在他神經學家的眼裡，卻覺得有如神經。

「那讓我想起納博科夫[3]把冬天的樹比作巨人的神經系統。」他回信說。

我有點情不自禁了，我不得不承認。

縱使如此，就當時來說，事情也就到此爲止了。何況還有一整個美國橫梗在我們中間，更別說兩人之間三十歲的年齡落差。一年多之後搬到紐約的決定，眞的不是因爲奧立佛的關係，心中確實也沒有進一步的想法。以我來說，自己只不過是走到了人生的一個點上，需要拋開舊金山以及那兒的一切記憶，開始新的生活。但一旦搬過去了，奧立佛和我就開始一起消磨時間，很快地，越來越熟絡起來。

「譯註」

1. 本書作者的作品。
2. 奧立佛・薩克斯（Oliver Sacks, 1933-2015），英國著名醫師、生物學家、腦神經學家、作家、業餘化學家。根據對病人的觀察，寫過多本暢銷書，台灣均有譯本。
3. 納博科夫（Vladimir Nabokov, 1899-1977），俄裔美國作家。

西村（The West village）

成為紐約人

一如之前與之後來到紐約的無數人，我來這裡也是一張單程票，以後的日子要怎麼過，心裡也只有模糊的概念。沒有儲蓄，所有的家當幾個手提箱就塞滿了。甘迺迪機場落地，我買了自己的第一張地鐵儲值卡（MetroCard），儲值十美元。要是我知道有無限計次卡，鐵定花大錢買他一張，儘管如此，**無限**云云，給我的感覺是：往者已矣，來者不慮。

從甘迺迪機場，搭上前往法洛克威（Far Rockaway）的A線班車。紐約人都知道，要去曼哈頓，這根本就是錯誤的方向，而我卻是到了後來才弄清楚。人生任何值得走的路，總難免會搭錯車、受到意外耽誤，偶爾還會碰上機械故障。重要的是，要懂得掉頭，自會走上對的路。

紐約的第一晚，待在上東區一個朋友的朋友處。第二天早晨，外出買了一張床墊，吩咐當天送到我在西村找好的一間公寓。我記得，坐在空蕩蕩的臥室裡等貨車過來，手機響了，一個不認識的號碼，是我舊金山公寓樓下鄰居的妹妹打來的，通知我她的姊姊過世了。

傑菲，一個有著小男生名字的頑強老鳥，罹患了肺癌。搬來紐約之前，我蠻花了一些時間陪伴她，不時幫著她進進出出，或就只是聊聊天。她有一雙明亮的藍眼，害怕自己會死。她很高興我要搬來紐約，不希望我和她一樣，在那棟樓裡孤單一人老去。

下樓和傑菲道別時，她堅持要我拿一樣她的東西帶走。任何我想要的東西，都可以。我十分喜歡她的一盞沾滿灰塵的舊桌燈——世紀中葉的款式，也確實是購於世紀中葉。「拿去吧！」她說。就這樣，如今燈在我桌上，陪我寫這篇文章。燈罩散發柔和溫暖的琥珀光澤，彷彿她就在那光裡；的確是，那是她吸菸多年燻出來的。

獲悉有關傑菲的消息後，我衝下六道階梯，直接進了對街的德國餐廳，點一杯啤酒，站到窗邊，以便能看到貨車過來。在那裡，和一名男子聊起來。他名叫賴瑞；是個大塊頭，穿一件破舊的灰色套裝。他在等他的妻子。我告訴他，我剛搬來這裡，他二話不說，向吧檯招手。

「培恩龍舌蘭（Patrón）。」他說。

我們互碰小酒杯。

「歡迎。」賴瑞說。「歡迎來紐約。」龍舌蘭酒入口澄澈爽朗有如金屬，一種我叫不出名字的元素。

半杯啤酒還沒喝完，貨車來了。

「我的床來了。」

「現在你正式有個家了。酒算我的，加油。」

他給我他的名片，告訴我，若需要幫忙，任何需要幫的忙，撥個電話。就此一別，將近十年了，名片我還留著：勞倫斯・H・史坦，律師。

★

過去曾經多次走訪紐約，但住到這裡，沒多久便發現，那可完全是另一回事。另一方面，在紐約，光是有個地址還算不上是個紐約人。就我來說，第一次離城的那一刻就是如此。當時，我要飛回西雅圖和家人過聖誕。飛機才起飛，我便悵然若失，在餐巾紙上寫下：**在離開時覺得若有所失，才真成為紐約人**。這樣說，倒不是捨不得無線電城的大腿舞秀、時報廣場的紐約跨年夜，或大都會博物館的精彩展出。在紐約，永遠都有難以思議的事情在某個角落發生，總在之後才會傳進你的耳裡。

我眞正懷念的是那些稍縱即逝、令人豎耳竊聽、意想不到的：一場落雪，覆蓋城市，將之變成一個寧靜的新世界。或者，在夏季，薄暮時分，第一隻現身公園的螢火蟲身影。踩踏在西村鵝卵石街道上的噠噠馬蹄聲，載著深夜時分巡邏的騎警；又或是情侶的爭吵，路人盡皆聽得分明。當然啦，話又說回來，對我的耳朵來說是音樂，對別人則可能難以忍受。紐約生活是一首約翰·凱吉[1]的樂曲，以不諧和音譜出的流暢。

這種特質，我是在地鐵中發現的。每一條線的每一班車的每一節車廂都存在著驚奇，隨機抽樣的人們被丟到一個有限的空間，爲時短短幾分鐘，眞是十足的魔術方塊。誰也不知道自己會碰到誰，誰會坐到誰的旁邊。我倒是喜歡站著，既不打瞌睡也不看書，這樣才不會錯失一些難得一見的景象，譬如兩班車同時發車啟動，有如剛剛衝出柵欄的兩匹賽馬並駕齊驅。

若是深夜，我會找機會到第一節車廂，站在最前頭，透過擋風玻璃望出去的視野毫無遮蔽。但見地鐵飛馳向前，兩旁燈光閃爍有如星辰，覺得自己置身火箭之中，急速穿越深邃時間[2]，不知道什麼時候，以什麼方式，抵達什麼地方。

譯註

1. 約翰·凱吉（John Cage, 1912-1992），美國前衛古典音樂作曲家，最有名的作品是一九五二年的《四分三十三秒》，全曲沒有任何一個音符，是機率音樂、電子音樂的先驅。
2. 深邃時間（deep time），一個地質學的概念，由十九世紀蘇格蘭地理學家詹姆士·赫頓（James Hutton, 1726-1797）提出，指的是地球的年齡，四十五億五千萬年。

乾洗店的女兒

地鐵終身犯

紐約的第一年，每天搭A線或C線上班。我的全職工作，是爲一個致力開發愛滋病疫苗的全球性非營利組織募款。西四街車站距離我住處五分鐘車程。清晨是我最愛的時光。車站人還不擁擠，乘客都不趕，也不太聊天，不是閱讀就是聽 iPod。老菸槍爆出老菸槍的乾咳。水滴——冬天是鏽蝕的淚水，我會這樣想像，夏天是粒粒的汗珠——從頭頂的I鋼樑滲漏下來。空氣柔軟，彷彿還未做完的夢，自每個人的皮膚裡滲出。

但話說回來，等待，卻不等閒。淡定，一轉眼就變成了不耐煩，擺出一種我稱之爲前傾探看的站立姿勢。人站到月台邊的黃線區，一腳穩穩紮定，另一腳後伸，身子盡量向前傾（但並不傾得太過頭），看地鐵是不是來了。那模樣既像是要自殺又像是極簡主義舞者的舞蹈動作，都只差一步之距。一個接著一個，大家都會上前來插上一腳，我也不例外，彷彿集衆人之力就可以從隧道裡召喚一班列車出來。

有的時候還眞管用，而且雖不多見，列車還一來就是兩班：月台一邊的A線來一班，另一邊，C線也來一班。每碰到這種時候，大家都明白，即使最微不足道的選擇，**卻關係重大**。我下車的富爾敦站（Fulton）兩班車都到，但A線是直達快車，C線則是區間，龜速溫吞。兩班車各自吸引不同的乘客，不同的個性。「**今天早上我是哪一個**？」我心裡想著，「A**還是**C？」還有，搭直達車多省出來的那幾分鐘會發生什麼事情？出站時會撞見新歡，還是絆倒摔斷腿？

週末，我往往都搭紅線；街上就有一站，四通八達。在這裡，除了奧立佛，我認識的人不多，對我來說，這樣再好不過。我的主要關係就是城市——猶如姆巴提族俾格米[1]之於森林。我們因長途搭乘地鐵而認識彼此——穿越哈林區及華盛頓高地，布魯克林及上西區。我會隨身帶著相機，而且開始喜歡趨近街上吸引我目光的人——不認識的陌生人——不管是因爲他們看來有趣、有吸引力、不尋常，甚或全然平凡無奇。「可以拍張你的照片嗎？」我會直接提出要求。

城裡逛了一天後，某個晚上我來到城中區的林肯中心。在大都會歌劇院前面站了許久，看著入口處噴泉耀眼的水舞。最後一分鐘，買了一張票，趕上即將開演的一場歌劇。燈光暗去，水晶吊燈無聲無息隱入天花板。序曲奏起時，竟發覺自己珠淚暗彈。是希望有個人陪伴？或許吧。因此，中場休息時間也就大大方方和人分享自己的喜悅。

不知道爲什麼，哥倫布圓環那晚沒有車班，又沒有錢坐計程車，我便走路。最後，我停在第五十街地鐵站。裡頭空蕩蕩的，只有一個盲人，噠——噠——噠——走在月台導盲磚上。我看著他好一會兒，擔心他跌落軌道，便引他到一處邊牆，相互自我介紹；他叫哈洛德。時間已經過了午夜，兩個人都是要回家——我要到克里斯多佛街，哈洛德要到第一五五街。

當時，地鐵的線路我還不是很熟，但心裡卻明白，哈洛德若要到第一五五街，他可就搭錯方向了，便好聲好氣對他說了。他的回答卻有點風馬牛不相及：「有的時候啊，比利，要往上走你得先往下。」正說著，一班車來了，我們便一同上車，到了第四十二街，哈洛德下車，消失在人群中。直到那時我才了解，他那句話並不是在向我諭示智者的忠告，教導我如何應對紐約生活的起伏動盪。只不過就是因爲第五十街通往上城區的地鐵站已經關閉罷了。

我很早就聽老紐約客說，紐約地鐵一塌糊塗——遍地垃圾，到處塗鴉，夏天窒悶，深夜危險，全年都是如此。我當然知道很多人厭惡搭地鐵，儘管今天的車廂已經相當安全、乾淨、涼快。我建議他們跟我一起搭搭看。每次搭地鐵我都會想到樂透的邏輯，那麼多人，一時之間隨機地被丟到了一塊，考驗我們的仁慈和包容。這豈不就是文明？

有一天，搭區間車6線北上，旁邊坐一年輕婦人，帶一嬰兒坐手推車中。每到一站，都有個男人上車（通常都是男人），站到我們面前。我戴著iPod，靜靜地觀看。千篇一律，每個人都傻呼呼地對著嬰兒笑，逗弄得嬰兒也笑回去。每到一站，走了一個，又來個新的，彷彿都是事先安排好的：首先，是個有些年紀的拉丁佬。然後，他下了車，一個年輕黑人出現。接著，是個西裝革履的白人。再來，一個建築工人，頭戴安全帽。都是勇悍的男人。紐約男人。全都一心一意做著一件大事：逗一個嬰兒開心。

地鐵故事我講不完，可以列出一長串理由為什麼喜歡搭1、2、3、C、F、D、4、5或L線。但若沒那麼多時間，我也要說出自己對紐約地鐵的最愛，那就是他們什麼都不做。人活著，一輩子都在回顧——或懊悔，或嚮往，懷著羞恥、鍾愛或悲傷——心裡想著，如果重來一次，自己可以做得多麼不同。但你一旦進了地鐵車廂，車門關上，你也就別無選擇了，只能把自己交給它要帶你去的地方。地鐵只有一條路可走：向前。

〔譯註〕

1. 姆巴提族俾格米（Mbuti pygmy），分布於非洲剛果伊圖里（Ituli）森林的原住民，為數約三至四萬人。俾格米，指的是全族成年男人身高低於一百五十或一百五十五公分且不與外族通婚的種族。

Notes from a Journal

隨筆日記

2009 05.09

奧立佛說，我必須記日記。

所以我必須記下來。

我隨手筆記，在紙片上，在信封背面，在雞尾酒紙巾上，有時候標上日期，有時候沒有。

2009 05.12

我帶去一瓶紅酒，我們一起上到奧立佛的屋頂。

我在紐約的滿月紀念；

「要我去拿杯子嗎?」奧立佛問,有點不知所措。
「不要,沒必要。」
就著瓶子,我們輪流大口痛飲。

2009
05.31

朋友米格爾來訪。屋裡除了地板無處可坐。「這房子應該不合法。」他說,「一定有些地方違法。」

2009
06.02

備忘:
五點半醒來,看著窗外的樹——樹枝彷彿在冷風中漂浮。
樹葉顫動有如長頸鹿的睫毛。

和太陽一起淋浴，一隻鳥和一隻松鼠一旁看著。

太陽升起，克萊斯勒大廈投影於大都會壽險大樓。

2009
06.17

「你有跟誰交往嗎？」有人問。

「只跟紐約。」我回答。

這並非百分之百正確。

奧立佛不喜歡有人知道我們的事，只要我們一起出去，他看到認識的人就緊張兮兮的。

酒店所見

麥可・傑克森去世的夏天

二〇〇九年六月二十五日，天色已暗，站在第七街和格林威治大道路口的一盞街燈下，我聽到這消息。有人大聲喊出來，彷彿街頭報訊人般，一路迎著街燈的光走來：「**麥可死了！麥可死了！麥可死了！**」他的死令我震驚，痛責小報新聞、小報文化。有關他的報導，無不是捕風捉影，有影射的，有汙衊的，形同追剿，逼得他走投無路，逼得他走偏鋒——那些都不再有什麼意義了，我敢說。從那一天起，唯一重要的，就只有麥可的音樂，在紐約，到處都聽得到——從汽車音響轟然傳出，酒吧裡、門階上的手提式音響都在播放，還有，人們跳舞，爲跳舞而跳舞，在街上，在人行道上，在地鐵月台上。這聽起來眞是純眞、歡樂，還帶幾分浪漫。至少，表面看來是如此，延續了一個星期左右。接著，有關他死亡的細節開始跑了出來——麻醉藥服用過量、不稱職的醫師、一輩子的失眠與安眠藥——不消多久，麥可之死少了些希薇亞・普拉斯[1]，多了些安娜・妮可・史密斯[2]的意味。很快地，他的音樂也被打入了俗艷之流。一切都感覺不對勁，光彩蒙塵，騙局一場。一聽到〈同我搖滾〉（Rock With Me），我腦中就出現一幅失眠的麥可被異丙酚放倒的畫面。

我記得，奧立佛對麥可．傑克森毫無概念。「麥可．傑克森是什麼？」消息傳來後第二天，他問我——不是**誰**，而是**什麼**——聽起來雖然怪異卻也恰如其分，因為這個才華洋溢的歌手已經從一個人類徹底變形成了一個異類。奧立佛常說，他對一九五五年之後的流行文化一無所知，這樣說一點也不誇張。以流行音樂來說，他就一竅不通，除了新聞，他很少看電視，對當代小說一點興趣也沒有，明星或名聲（包括他自己的）於他猶如無物。他沒有電腦，從未發過電子郵件或簡訊，寫東西用的是自來水筆。這絕不是做作，他並不以此沾沾得意；事實上，這種「跟不上潮流」源自於他的極端內向。但無可否認的，他的品味、習慣、風格，全都無可逆轉，已經定型，不屬於我們這個時代。

「我看起來**像是**來自另外一個世紀嗎？」他有時候會問我，言下不勝唏噓。

「看起來像是來自另外一個時代？」

「是的，沒錯，你的確是。」

就我來說，我之所以對他有好感，他之所以喜歡我，這正是部分原因。在紐約的第一個夏季，我交往的人沒有幾個，但和奧立佛卻完全不同。我們在約會。我們不看電影，不去現代藝術博物館，不上新開的館子，不去看百老匯表演。我們在布朗克斯（Bronx）植物園散步，一走就是好久，對於各種蕨類植物，他如數家珍。我們參觀自然史博物館，看的不是恐龍或特展，而是到遊人罕至、有如小禮拜堂的展室消磨時間，裡面全是寶石、礦石，特別是化學元素——不管是哪一種，背後的發現故事他無不娓娓道來。晚上，我們會從西村走到東村，奧立佛興致勃勃聊個不停，在麥克索利的老愛爾啤酒屋[3]享用一份啤酒和漢堡。

就我所知，他不僅從未有過親密關係，也從未公開過同志的身分。但就某個角度來說，他實在沒有理由要如此——三十五個年頭沒有性生活，這是他告訴我的。起初，我不相信；這樣一種僧侶似的存在——全心放在工作上，讀書，寫作，思考——令人肅然起敬，難以思議。無疑的，他是我認識過最不尋常的人，沒有多久，我就發覺自己不只是愛上了奧立佛；那種感情更甚於愛，是我以前從未經驗過的。我崇拜他。

「譯註」

1. 希薇亞・普拉斯（Sylvia Plath, 1932-1963），美國天才詩人、小說家、短篇故事作家。
2. 安娜・妮可・史密斯（Anna Nicole Smith），美國性感象徵、模特兒、演員、名流，二十六歲時下嫁年齡長她六十三歲的石油大亨。
3. 麥克索利的老愛爾啤酒屋（McSorley's Old Ale House）是紐約最古老的酒館，直到一九七〇年才迫於法令允許女性顧客進入。

奧立佛與山楂樹

2009
07.09

奧立佛七十六歲生日：

我吻他，很久很久，探索他的嘴和唇，用我的舌頭，莫名驚訝寫在他的臉上，他雙眼仍然閉著：「這就是吻嗎？或者，這其實是你發明的什麼東西？」

我大笑，鬆開擁抱。我告訴他，這是有專利的——他要發誓守密。

奧立佛笑了起來。

「而且如果摟你摟得夠緊，我可以聽到你的腦子。」我跟他說。

2009
08.18

我們聊《羅馬輓歌》（*Roman Elegies*），聊到詩中歌德在他睡著的愛人背上拍打著六步格（hexameter）：

「**隨著她睡眠的甜美呼吸節奏指尖數著拍子**。」奧立佛背誦著詩句。

「或是他的睡眠。」我加上一句。

2009
09.29

有的時候，有人認出了奧立佛。今晚，一個年輕人走到我們的桌子，自我介紹，極盡挑逗之能事。奧立佛挺開心，卻不作回應。「此生已多一知心。」他後來說，「足夠了。」

2009
09.30

好玩：

有的時候，我在床上喜歡絮絮叨叨，但卻發現正和自己做愛的人根本就充耳不聞，那就沒轍了。

「什麼？你在跟我說什麼嗎？」儘管正在熱頭上，奧立佛也還是會問，一本正經。

「奧立佛！可不要讓我再來一遍！」

這麼一說，我們兩個笑成一團。

對此，我們暱稱為：「性聽障」。

2009
09.24

搭C線從七十二街到十四街：我衝進一節擁擠的車廂，伸手握住一根桿子穩住自己。桿子上還留著另一個乘客的手溫。

「會不會痛？」我聽到有人問。

轉向聲音來處。一位坐我面前的年輕拉丁裔女性——大約十九、二十歲——看著我。

「痛不痛？」指著我的手臂問道，「你的刺青？」

我笑了。「痛，確實會痛。那裡的皮膚很薄的——有許多神經末梢。但是值得。」

她點點頭。

「妳想要刺什麼？」我問她。

「一個精靈——小精靈——再加上埃及象形文字的命運。」

她戴一頂銅色假髮，俐落的齊耳短髮，劉海簡約，看起來頗有埃及公主之風。她是C線班車的克麗歐佩特拉[1]。

「聽起來蠻棒的。」我對她說，「去刺吧。」

克麗歐佩特拉微笑，往後靠回椅背上。

2009
10.31

奧立佛：「我不怕死，但怕虛度人生。」

2009
10.--

到醫院去看奧立佛——整個膝蓋換掉（天哪，那麼多年來超重的舉重）。起初，他看起來蠻尷尬，因為有一個不知道我們的事的朋友正好也來探視他。但後來，我看得出來，他很開心我來了。

2009
11.11

膝蓋手術惡化了其他問題——坐骨神經痛及椎間盤疼痛，痛到奧立佛無法坐下來寫東西。有可能還得回去手術。利用廚房的流理台、幾疊書本，以及一塊從地下室找來的平整木板，我搭了一張站立使用的桌子。他整夜不停工作，寫他的新書《看得見的盲人》（*The Mind's Eye*）。

「寫作重於病痛。」他說。

頭枕在奧立佛胸上，他愛撫著我的肱二頭肌，非常非常輕柔。我認為是二氫嗎啡酮2發生作用了。

「你喜歡那裡？」我問。

「啊，是的——它們很像……漂亮的腫瘤……」

我輕笑出聲——真是諂媚。

「——豐腴性感的腫脹……！」

我：「需要什麼嗎？」

奧立佛：「可以幫我把襪子脫掉嗎？」

我笑起來，照著做了，吻他額頭，道了晚安。

「和你在一起，自在到了極點。」奧立佛說。

2009
11.21

隨筆寫給自己，在一個威訊公司（Verizon）信封的背面：

「有的時候，日子過得艱難，不免會問，為什麼要搬來這裡。但紐約總會給你一個答案。」

是的，記住了：紐約總會給你一個答案。

2009
12.22

過節回家探親前往機場的路上，去了一趟奧立佛的辦公室道別。發覺自己在告白，那是心裡醞釀了好幾個星期卻一直沒有說出口的東西：「我愛上你了，奧立佛。」他強忍住淚水。我親吻他額頭，摟抱著他，告訴他一切都會沒事，我很快就會從西雅圖回來。他點點頭。我們出來到正屋，他的兩個助理凱蒂和海莉工作的地方。「看好這老兄。」我說。然後，奧立佛和我（不再有隱私）握手。

奧立佛，在紐約打來的電話那頭，結結巴巴說：「我知道，我訂了一大堆的限制。圍籬。而且不願意和你在公共場合一起露面。我現在要說的是，我也愛你，而且我樂意跟你去任何地方。」

我在美國的另一頭，開懷笑了。

「而我，也跟隨你，年輕人。」我對他說。

〔譯註〕

1. 克麗歐佩特拉（Cleopatra, BC69-BC30），亦即有埃及豔后之稱的埃及女王，古埃及托勒密王朝末代女王。
2. 二氫嗎啡酮（Dilaudid），神經系統用藥，嗎啡的衍生物，為部分合成鴉片類鎮痛藥物，但也會刺激大腦引起興奮，除了止痛，還能帶來「快感」。

公園裡的年輕之愛

地鐵釣客

一天晚上，在I線班車上遇到一個釣客。

想要不發現他還真不容易，即使車廂裡擠得水洩不通。兩支大釣竿，活像一對潛望鏡，高出眾人頭頂一大截。他晚我一站上車，一手緊握著他的釣桿，另一手握著車廂桿子，研究著我肩膀上方的地鐵線路圖。一個大高個兒，也許將近一百九十公分，二十多歲，血緣有可能部分多明尼加、部分越南——島嶼國家。

我望著他的臉龐，只見他瞇著眼睛在路線圖上尋找，確定了他的位置。放下心來，他四下裡看看，在我旁邊的空位坐下，釣桿夾在兩膝中間。

搭地鐵，旁邊有個釣客，哪有不攀談兩句的道理。

「有收穫嗎？」

「今天沒有。」顯然不太在乎。

我那時下班了。想到自己如果也是去釣完魚回來而不是工作完回來，那不知有多好。

「要到哪兒去——如果我想釣魚，要去哪裡？」

「史泰登島（Staten Island）。那邊魚很多——銀花鱸魚。但我今天是去巴特瑞公園（Battery Park），在堤防外邊。時間不夠。才一個鐘頭而已。」

「連一小尾都沒有？」

「啊，沒錯，很多，但不上鉤。牠們會咬，碰一碰，感覺到鉤子就吐出來。可機靈了，那些魚。如果你認爲釣魚可以隨心所欲，那可就大錯特錯了。」

看來他可不是隨便說說而已。

我說，他的話我記住了。

「要有耐心。」他一發不可收拾。「區區一個鐘頭，你別指望抓得到。牠們會偵測到你。我今天只是過去那邊……」

「……跟魚相處？」

他點頭。「而且是在水上。」

人在紐約，會太專注於生活，以致於都忘了我們是住在一個島上，我心中自忖——一個

「島」。「眞酷。」我喃喃低語。

「晚上是最佳時刻，如果天氣晴朗，星星出來，魚都在游。」

我幾乎可以想像到那畫面。背景是帝國大廈。

「有一次釣到一條鯊魚。」他說，興致越發高昂。「一條姥鯊，醜八怪。是在白天。用了好幾百磅的線，花了一個多鐘頭才把牠拉上來。」

「鯊魚，在紐約——看來以後我不會再大驚小怪了。」

他大笑起來。

釣客看看他的腕錶，說他剛好來得及趕上——剛好而已。他六點要到布朗克斯[1]上班。

我注意到他的錶已經六點，提醒他。

「沒錯，我撥快十五分鐘——我老是快要遲到。釣魚，我就是戒不掉。」

「老兄，那正是愛。」我站起來。「祝你地鐵不誤點——還有，不再碰到鯊魚。」說著跟他道別下車，我的站到了。

他還要繼續坐下去，他會剛剛好來得及趕上上班的。

「譯註」

1. 布朗克斯（The Bronx State），紐約市五個行政區中最北的一個。

在藍山中心（Blue Mountain Center）

Notes from a Journal

隨筆日記

2010 01.11

奧立佛：「每日，都有一語使我訝異。」

2010 01.18

奧立佛：「那確實是彼此親密的問題，對不對？」

我：「愛？你是指愛？」

奧立佛：「是的。」

2010
02.01

一個慢悠悠的星期天，午後漸入黃昏，黃昏漸入夜晚，夜晚漸入清晨。

「我要的不多，只要你常在左右。」奧立佛說。

他把耳朵貼在我胸口，聽我心跳，數算搏動。

「六十二。」說著，滿意地笑了，我想不出還有比這更親密的。

2010
02.07

奧立佛談到白翅蝴蝶：英格蘭工業時代初期，白翅蝴蝶被城市的煤灰污染，很快就演化成為煤灰色。又談到一種城市禽鳥（鴿子？），其鳴啼的音量在車聲喧囂、建築工地及交通噪音中依舊可聞。

「自然界中，快速演化的例子並不多見。」

我不禁想到奧立佛過去一年的變化。

「我注意到了這一點。」我說。

2010
06.09

我們在奧立佛家的屋頂上；午後七點；薰風讓人暖洋洋；日頭正落；晚雲襯托出曼哈頓相持不下的天際線，景色壯麗，無以比擬。但奧立佛無緣目睹，因為他的右眼動手術拿掉血塊（治療視神經的黑色素瘤所失去的視力，他希望這樣可以局部恢復），接下去幾天，都必須保持頭部低垂，避免進一步凝結成塊或液體堆積。

「告訴我它們的樣子。」奧立佛說，「描述一下雲。」

我把他拉近，讓他的臉埋在我的胸膛，自己則看著天空。「是這樣的，」——我不確定從哪裡說起——「它們很大，**非常**巨大。」

「是嗎？」

「尤其特別的是——沒錯，應該不是我的錯覺——它們沒在動，文風不動。令人驚訝的是，風卻不小。但雲彷彿都維持著固定的姿勢，好讓我仔細端詳它們，把它們描述給你聽。」

「啊，真可愛。」奧立佛低聲喃喃。

「吸引我注意的，跟以往截然不同，並不是因為它們有多白，而是它們的灰——一種美妙的青灰——錫鑞[1]的顏色。」

「像是鋨[2]嗎？」奧立佛問，帶著期待，有點開心。

我暗地裡笑了。「沒錯，正是和鋨一樣——鋨雲。」

「啊，我一定得看看。」奧立佛說，如飢似渴地偷偷迅速瞥了一眼天空。

去到屋頂上，按照我們的習慣，是為了飲酒。一般都是直接對著瓶子痛飲。但奧立佛不能仰著脖子喝，所以帶了吸管。只見他從瓶子裡長長地吸了一大口，然後傳給我。說起來還真是好笑，喝上好的卡本內[3]，居然用吸管。更好笑的是，我吸完一口後，一不小心吸管掉進瓶子裡，拿不出來了。

我回樓下另取一根。

回到屋頂，看到奧立佛抱著樓頂的欄杆。

「你在看什麼？」

「啊，我在看顏色、形狀和影子。」他說。

「很好，指給我看。」

「那裡……」他往下指著一棟粉色建築。我們看著顏色和影子，好久好久，未發一言。然後，奧立佛開口了，說的正是我心裡想的：「眼睛動了手術，只能往下瞧，這樣俯瞰還真是得其所哉。」

看著人們在下面走動，有的在人行道上，有的在過馬路，我們分析各種不同的走法：「有跨大步的，有小跑步的，有疾走的，有蹣跚的，有緩步慢行的（ambulating）……」最後那個字眼轉移了他的注意力，他繼續唸著：「ambulating。ambulate。ambulation……我在想這字的字源……？走，我們去查一查牛津英語辭典。」

2010 07.10

奧立佛，在車裡，從植物園回家的路上。一路上他整個人往後斜靠著椅背（因為坐骨神經痛）；戴了兩副太陽眼鏡（因為眼睛的關係），卻突然說起話來，嚇我一跳（我以為他睡著了）：

「我突然了解你對我的意義了：你製造需求，由你填滿，你製造飢餓，由你餵足。有如耶穌。有如齊克果。有如煙燻鱘魚……」

我：「看來，這可是我聽人家對我說過最浪漫的話了。」

奧立佛笑出聲來，然後加上：「這也一種傳道，用奇怪的方式……」

稍後：我開車時，我以為他滿懷愛意地看著我，但後來才知道，並不是：

「我看著里程表，便想到化學元素。」奧立佛說。

2010
08.17

我中途跑去奧立佛家，給他送去一支雪糕。我說起我在阿賓頓廣場公園看到螢火蟲——螢火蟲耶！

奧立佛：「你那時有閉上嘴巴嗎？」

我：「幹嘛要閉上嘴巴？」

奧立佛：「據說三隻就足以致死，**螢光素酶**，危險物質。」

我笑了起來，但他沒笑。我真的搞不清楚他是不是認真的。

奧立佛：「我不要你因為螢火蟲而死……亮晶晶的死[4]！」

2010
12.27

舊金山皇宮酒店（Palace Hotel），過聖誕節：

就寢，熄了燈：

奧立佛：「啊，啊，啊……！」

我：「怎麼啦？」

奧立佛：「我找到你的第五根肋骨了。」

半夜：「如果我們可以一起做夢，那不是很美妙嗎？」奧立佛喃喃低語。

2011
01.01

待辦：

——租金支票，等等

——新電話？

——公寓！

——打電話給媽

——買日記並開始記

2011
01.04

談到**心願**：

我：「新的一年有何心願，奧立佛？」

奧立佛：「性本能以外的？」

我：「那還用說。」

奧立佛：「願有生之年文思泉湧……你呢？新的一年你的心願是什麼？」

【譯註】

1. 錫鑞，錫與鉛的合金。
2. 鋨，化學元素，符號為Os，原子序為七十六，呈藍白色。
3. 卡本內（cabernet），葡萄酒中的極品，最強烈，最飽滿，也最複雜。
4. 螢火蟲發光是為求偶，交配時，雌蟲發光，交配後一至二天，雄蟲死亡，雌蟲產卵後一至二日也死。螢火蟲生命週期約三至七日。

時裝秀等待進場的男子

寫在星星上的詩

六點三十分左右，出去散步。有人說快要下雨了，但我看天色還晴朗。沿著第八大道直走，穿過二十三街，在第十大道見一往上的樓梯入口，便走了進去。我來到了高線公園[1]。正如所料。我沒料到的是，居然那麼擁擠，活像是塞在機場的電動走道上。但夜色實在很美，美到不想去抱怨任何人任何事，尤其是有機會能夠沉浸在美景之際。

於是，便想像自己是一個觀光客，走向遠處的登機門，要登上一班飛機，前往一個從未去過的地方。

一路走來，不知在什麼地方丟了帽子，直到第三十街出了公園才發覺。到了這一地步，要自己再回頭沿著原路走一趟，實在無法想像。便選擇在高線公園的陰影下，走底層社會的路回家。

下面是一個全然不同的世界。一間一九七〇年的洗車場，我在入口處站定，裡面空無一人，但仍在營運。碰到一座加油站，十四輛計程車排隊等候一支油槍。我差一點就要跳上其中一輛，但還是繼續走下去。遠遠地，看到一台付費電話——付費電話！——一定要去瞧瞧。腦筋裡閃過一幅畫面：拿起話筒，你得投入數個二十五分硬幣，撥一通長途電話，伴隨著硬幣掉落的聲音，接上對方聲音的神奇感，硬幣一個個耗掉的沮喪。

一名男子在打電話，另一個靠著亭子在等候。靠在亭子上的人深色皮膚，一身深色衣服格外顯眼，彷彿是穿著過冬。手捧一束白玫瑰。看起來像是街友。

我朝他笑笑，碰一碰我那已丟失的帽沿。「怡人的夜晚。」我說，心裡覺得確實如此，雖然這裡的街道既荒涼又髒亂；那一刻之所以怡人，他與那老電話亭也得算上一份。他微笑回應我。

在轉角處，我感到有人，便四下張望。那手捧玫瑰的人快速向我走來。玫瑰花苞在他胸前上下顫動，我想到一堆光著小腦袋的嬰兒。

「我認識你。」我聽到他說，「我們見過。」

我認爲這不無可能。在紐約這些年，我與不少陌生人有過難忘的邂逅。那人停在我跟前，深深凝視著我的眼睛，彷彿在讀我的心思。然後，眼睛一亮。「我寫過一首詩給你？」

他說。

我盯回去，在記憶裡搜尋。想起來了：二〇〇九年冬天。凌晨兩點。大風大雪。在第七街與克里斯多佛街路口，我從計程車上出來，看到街角有一男子，一臉無家可歸的神色。我把計程車找的五塊錢給了他。他謝謝我，但說他從來不取無功之祿。他別無長物，只能以一首詩回報。他開出了選擇清單，要我點詩。

「那還用說，我要情詩。」我要求。於是，他站在那兒，在飛舞的雪花中，背誦了一首關於愛的詩——而關於愛啊，無非心碎而已。詩句從他口入我耳，隨風飄散。兩年半之後，在不同的街角，但在同一片天空之下，我們重逢。

「比利，我要寫另外一首詩給你。」他說。他的名字——他提醒我——叫伍爾夫・桑（Wolf Song）。這一次，他想要寫下來給我。我們兩個都沒有可以用來書寫的東西。「可以買支筆給我嗎？」

後邊正好有一家便利商店。我花一塊錢買了一支黑色原子筆。他從冰箱拿一罐啤酒；我也付了帳。

我們離開店家，開始一路走著。「來，我帶你去我的檔案室。」伍爾夫・桑說，「你等著瞧；那裡到處都是詩。」他把黑色原子筆夾在耳後，啤酒放在紙袋裡。

我有一點緊張。太陽正在西沉。一路走來，街上幾近空無一人。上面的高線公園傳來嗡嗡人聲；就算我大喊大叫也不會有人聽到。

「還需要一些紙，比利。」他說。

人行道上有一張報紙碎片，《紐約時報》上撕下來的。他撿起來。上面有些東西吸引住我的目光：「看，有一幅星圖。」我認出來那是星期日的〈觀天〉專欄——一幅星座圖。伍爾夫・桑當場呆住。他說，他腦子裡盤旋著一首關於天空的詩，已經一整天了。「那麼說，這是命中注定了。」我說，「可以爲我寫在那些星星上嗎？」

他領我到他的檔案室：一個門廊，只是一個小小的容身之處。牆上沒有貼詩。但對他來說到處都是。這裡是他隱居寫詩的地方。他的詩句四下環繞，我幾乎感覺得到。

然後，他走向街上停放的一輛汽車，將玫瑰和啤酒放到引擎蓋上，那就是他的書桌。他放下報紙，略顯遲疑，筆握手中，突然侷促起來。「你來寫。」他說，「我字寫得不好。」

我叫他放心，不要想太多。

「好吧，比利，你說了算。」他說，然後，戰戰兢兢，小心翼翼，一筆一劃把詩寫在星圖上。寫完，大聲朗讀出來，是一則問天的公案：

天空為何
如此多的
痛苦
雨
滴落眼睛
為你的
故事

空無一人的街上，在高線公園及漸暗的天空下，我們一同讀紙片上的詩句。隱然彼此相通。四目含淚。

我們握手，相互致謝。他把詩給我，外加三朵玫瑰，還有九朵，要給他在星空下遇見的其他紐約客。

「我們還會見面的，」我跟他說。「我確信。」

我轉身走開。這時候我才讀起報紙上星圖旁邊的報導。**金星將在本週通過太陽前面，成為一個明顯的小黑圈緩慢越過太陽表面。這種情形稱為金星凌日，是極為罕見的天文現象。**

報導繼續指出，人類有關金星凌日——兩個星體的相會——的記載，歷史上可考的只有六次。星期二的這次過後，下一次的金星凌日將在一〇五年之後。

走到轉角時，我回頭要和詩人揮手，但他已經不見。

〔**譯註**〕

1. 高線公園（High Line），紐約曼哈頓廢棄的中央鐵路西區線一座高架橋上的綠道和帶狀公園，長二・三三公里。

Notes from a Journal

隨筆日記

2011
01.08

奧立佛：「做過的事我不後悔，但後悔沒有做的。這樣說來，我倒像是個罪犯了……」

2011
02.13

奧立佛：「一個人能夠同時享受兩種樂趣嗎？」

我：「譬如什麼？舉個例子吧。」

奧立佛：「綠色花椰菜的滋味和你大腿的皮膚。」

我：「綠色花椰菜？你拿這個做例子？」

奧立佛：「那是聯覺（co-perception），不是嗎？兩者以某種方式混和，但不失本色。」

2011
03.17

奧立佛絆到墊子，在辦公室摔了一跤，髖部骨折。進了醫院。

今天上午痲醉出來看到我，奧立佛說：「你看起來真好看……如果不是在那麼公開的場合，我會親你。」

但不管三七二十一，我親了他。

2011
06.07

在西雅圖，媽媽病危臨終，我從醫院打電話給奧立佛。他要我和朋友出去找些樂子。「我媽媽死時，」他告訴我，「我一個最年長的朋友馬上打電話過來，一口氣講了三個淫穢敗德的笑話。我大聲狂笑，然後，眼淚就來了。」

我接受了他的忠告。

2011
06.19

一天早上，奧立佛告訴我，他夢到nephological（雲的研究）這個字；另一天，夢到的是triboluminescence（磨擦發光）。

我：「真好玩的字，怎麼會夢到triboluminescence呢？」

奧立佛：「我喜歡燈泡。」

這好像沒有回答我的問題，但不管好歹我喜歡。

他要我把牛津英語辭典帶來，外加一副放大鏡。

奧立佛：「很好，真有趣！Tribology（摩擦學）……Tribometer（摩擦計）……且讓我們看看……」他繼續尋找。「找到了！『triboluminescence：在巨大摩擦與強大壓力下會發光的特質——一八七九。』」

出獄第一天

No
Date

奧立佛：「我在想，一個人到底能夠進入另一個人的內心多少——看穿他們的眼睛，感覺他們的心情？還有，他是否真的想這樣……？」

搬家的男人

在紐約租的第一間公寓要續約時，房東漲了租金。我再也不認爲花那些錢住這樣的房子很合理，小小一間，六樓，連個電梯都沒有，於是決定搬家。在東區找了一個相對便宜些的地方，距離第一大道L站只有幾條街。這是出於一時的衝動——我的內在設定，現在我知道了。不到幾天，我知道自己犯了一個可怕的錯誤。這棟公寓是個地窟。整棟建築是大學生吃喝玩樂的聯誼會堂。每個窗台上，鴿子排排站，咕咕，拉屎，清理羽毛，不管我怎麼噓趕，都擺出一副要我知道分寸的姿態：早在我來之前，牠們就已經在這裡了。而同樣讓我恨得牙癢癢的，是我的地鐵路線。每天早上從聯合廣場搭4／5線到金融中心上班，都讓我視爲畏途；喧鬧擁擠不說，在我眼裡，相較於其他大部分地鐵，這裡的髒亂簡直無可救藥。

眞正說起來，更糟的是L站，從西區奧立佛家回我家，便要在那裡搭車。班車本身不是問題，車次既快又多，糟的是它所代表的東西。走那一線的，L站塞滿了去布魯克林的人，不管是回家或出來聚餐玩樂。全都特別時髦、花俏、年輕，讓我覺得自己像個老人，被驅離眞正想去的地方。

把自己的不快樂全都怪到地鐵上，現在想起來還覺得罪過。L站、4／5線有什麼不對嗎?嚴格說來，它們都對我不錯，帶我回家，帶我上班，準時又安全，還給我景觀與發現的紅利。一個溽熱難當的夏日午後，等候4／5線班車時，意外發現一處逃避窒悶的所在：聯合廣場天棚上方的巨大風扇下方。過去從未注意到。但往那裡一站，彷彿置身機器洗車的最後一程，不一會兒，汗濕的衣服便風乾了。

就在同一地點，一個同樣酷熱的日子裡，我看見一名年輕女子在距離月台只有幾步之遙的地方昏倒了。她極爲緩慢地委頓墜地，但有兩個人以相反的快速動作上前扶救。等我趕過去時，她已經受到適切的照顧。那位環抱她頭部的男子，原來是個醫師，而在她身側握著她手的，是一個異常冷靜的女子，看來像是瑜伽老師。暈倒的女子醒轉過來時，一臉驚駭困惑，那位冷靜女子便安撫她，醫師則施以一些藥物，同時兩人護送她去外面呼吸新鮮的空氣。

還有那穿越城市的時刻：若不是因爲L站，我就不會認識帕布羅，年輕的多明尼加人，在第一大道與第十四街之間，經營好心先生（Mister Softee）冰淇淋車。停下來跟他買一捲霜淇淋，得他一聲親切的問候，總讓我走回家的路都輕鬆起來。路的另一頭是約瑟夫，一位殘障藝術家，我收集他的畫作，他的努力不懈給我極大的激勵。坐著輪椅，每天從時報廣場外圍的低收入住宅到第八大道地鐵站，作畫、賣畫，即便是嚴冬亦然。約瑟夫既然做得到，我又有什麼藉口不在自己的藝術上痛下工夫呢？

人生的那一段期間，一份全職工作讓我既無暇也無心他顧，幾乎放棄了寫作。此外，到一月時，我對於自己的生活狀況開始失望。無法在那個地窟中再待一年，而奧立佛和我已有共識，兩個人住在一起並不理想——對他或我都不合適，彼此都需要有自己的空間。或許，路已經走到盡頭，我心裡想；那道轉動自如的旋轉門鎖住了：車站關閉。但接下來呢？下一步呢？做個紐約人是一回事，但若要頭腦清楚地決定留下來，在這裡開展自己的生活？又是另外一回事。我不知道自己是否有那樣的本事。而所謂本事，不只是自己的能耐，還有一些說不上來的東西。

就在那個節骨眼上，幸運——或是命運——化身為一個名叫荷馬的紐約人，適時地介入了。荷馬是奧立佛那棟大樓的門房，他告訴我，十一樓有個房子剛空出來，就在奧立佛住家的樓上三層。他讓我看了房子。許多地方都令我滿意得不得了，最重要的是採光。小公寓，成排的窗戶。朝南，俯視整片街景，向西，是銀色的哈德遜河。無論朝哪個方向，我都看到了活潑潑的生機。

這裡一住就是六年，窗戶迄今沒有用百葉窗或窗簾遮住過，將來應該也不會。至於這房子位在紐約何處，我看不說也罷。不管怎麼說，無論你是否住這裡，或想要搬來，或正好過訪此處，我們可能會短暫相遇，也許就在今天，在地鐵上。

前幾天晚上，回家的路上，就有一次愉快的邂逅。一個男子，大約我的年紀，坐我附近，佔兩個位子，帶著一只手提箱、一個圓筒行李包、一個背包，外加一只塞得滿滿的垃圾袋。他勾我直看（或是我勾著他看？）；心力交瘁的神情中，有些東西似曾相識。我關掉iPod。

「怎麼啦？」我問。

他搖搖頭，模樣苦不堪言。「東西太多了，一個人拿。」

「是嗎？」

對他來說，這就夠了，幾句話起個頭，話匣子就打開了。他連珠砲似地吐了出來，說他今天要搬家，一個哥們有輛貨車，答應了要來幫他，但哥們沒出現。這會兒，他已經跑了他媽的三趟，一個人馬拉松接力。

「眞差勁啊，老兄。」我說，「眞是差勁。但你知道的，這最後會帶來什麼？」

他一時不知如何回應，也或許只是累垮了。

「六塊肌。」

搬家的男人笑了起來。

「爲了我練出一個吧。」我到站下車時對他說。

第七街與格林威治，一對夫妻

Notes from a Journal

隨筆日記

2011
06.--

兩個字顯出我們之間的不同：

「Me, too.」我說。

「I, too.」奧立佛糾正。

2011
06.28

奧立佛和我在宮城[1]，談到他所謂的「轉變經歷」，亦即人生改變的時刻，包括正面的與負面的，各自舉出自己的例子：我提到自己對瓊妮、喬・迪丹[2]、黛安・阿巴斯[3]和艾德蒙・

懷特4的發現，以及愛滋病在舊金山的流行。他提到的則是楊納傑克5及浪漫派作曲家舒伯特、布拉姆斯，以及盧力亞6，還有聾人文化7，和他母親的過世。我們也分享了彼此相同的經驗。

當時，我們是在戶外用餐。突然，「啊！」他驚叫一聲，看到一隻螢火蟲，奇妙仙女8一般，飛在我們的腳邊。

「真是神奇！」

「沒錯，但千萬——我以前告訴過你——別吃。」

「喔，螢火蟲導致可怕的死亡……」

奧立佛點點頭，十分認真。

2011
07.05

想要送給奧立佛的生日禮物：

——H·G·威爾斯或毛姆短篇小說

——語音電子錶（talking watch）——@視障燈塔[9]

——《銀河飛龍》（*Star Trek: The Next Generation*）影碟

——皮手套

——可蘭經

2011
07.11

〈傍晚〉

大街響起馬蹄聲
引我來到窗邊
計程車排隊加油
行人舞出摩斯・康寧漢[10]
而一婦人，顯然迷了路
iPhone 高舉

攔下騎警問路
她聽他說
指點她正確方向
馬兒點著頭跨步離去

2011
08.24

泡了久久的熱水浴：

「溫度多少？」奧立佛問。

我看一下浴缸溫度計——一套大得可笑的裝置：「一〇六。」

他表示可以。「我曾經高到一一〇。」他說，「一一二是極限，一〇二就太涼。很有意思，對不對，差別其實很小……」

泡了一個半小時，奧立佛在浴缸邊按摩我的腿。我覺得通體舒暢、寧靜。突然間，感覺他正不解地看著我。「為何人們感到愉悅的時候會閉著眼睛……？」他說出心中的疑問。

之後，我裹著毛巾躺到床上，一絲不掛。

他躺我旁邊，穿著衣服。我們只用手、手指，撫觸著。空調開著。我性致勃勃，一身汗濕，許久才逐漸涼下來。我們瞌睡，聊天，看橙紅色的天空，但多數時間不言不語，只是觸摸。

「我總覺得自己的性子太急。」我若有所思說。

奧立佛沉吟片刻。「你的確是。」他說，然後，更和緩些，「你的確是……」

他一手遊走於我身體。「你**這麼**熱。甚至響尾蛇都可以找到你。」

「是嗎？」我看著他。他眼看天花板說著。

「牠們眼睛後面有個小囊，裡面有紅外線感應器。」

我笑起來。「想像一下……」

「不是在水晶體裡面，我不相信，但牠們可以感應到小哺乳動物的溫血，可憐的傢伙——碰到這些毒蛇，沒機會活命了……」

不一會兒，他的思緒又飛到別處，彷彿在他的精神分析師診療椅上自由聯想：「在英格蘭，就有摩托車名叫毒蛇和毒液，漂亮的機器……」

奧立佛轉向我，一手放到我腹部。「沒錯。」咕噥著說，「漂亮的機器。」

2011
08.26

在巴西料理餐廳，奧立佛突然問：「你有沒有過這種感覺，自己身體的一部分不是自己的？」

我笑出聲。「就是這樣我才愛你。」

他微笑說。「是嗎？」

「**自己身體的一部分不是自己的**：啊，我不確定，應該沒有過。」

「若有這種感覺，自會知曉。」他俏皮地說。

吃完之後，我們趕回去收聽莫札特《安魂曲》的現場轉播。結果，是我們自以為是，播出的是舒伯特。啊，舒伯特也不錯，浪漫、恢弘，黑暗中，躺在床上，聽他的第八號交響曲，僅著內衣褲。

節目主持人說，舒伯特死於三十一歲。

奧立佛：「知道自己這一輩子已經創作了足夠的傑作，英年早逝是否就無遺憾？」

「不。」我答道，「我不這樣認為。」

2011
09.15

下午七點十五分，奧立佛來電，甚至連「哈囉」都沒說：「比利！要上屋頂嗎？夕陽正在西沉！」

我：「沒錯，要！」

奧立佛：「我在那裡等你！」

我：「我帶酒去！」

2011
11.20

我們飄飄欲仙，在我稱之為奧立佛的「鴉片窩」裡，那原來只是他一個人的窩，但現在命名為大麻窩。我們只抽一兩口，絕不走火入魔。跟著他一塊陷入迷幻，為的是要一窺大腦的奧祕。由於一隻眼睛已盲，另一隻又弱視，他的視覺皮層——如他自己所說，「幾乎無聊到了極點」——對大麻的刺激反應超過尋常狀態，而他痛快享受這種視覺的奇幻之旅。

我坐窗戶旁邊的椅子上，看著第八大道；他躺在躺椅上。

他閉著眼睛，我問他在眼簾後面看到了什麼；「一個中國娃娃。」停頓。「一隻海豹，鼻子上頂著什麼東西……一個類似科學小說中的飛行器，翱翔於一座中世紀森林上方……」停頓。「你呢？你看到什麼？」

我閉上眼睛，等候著。

「和你不一樣。我看到的是圖案——黑色及一種暗黃色調。帝國大廈和我從窗外看過的其他建築的負片影像。然後是萬花筒式的圖像，但不是彩色的。」

「負片影像？」他問道，「那還真有趣。」

幾分鐘的靜默過去。

突然，他說：「一個人能夠經驗到不依附於任何對象的愉悅嗎？**純粹的**愉悅？」

我想了一下，十分驚訝於他突然之間冒出這種想法並說了出來。但我不確定自己真正理解他的意思。「你說『依附於任何對象』，是什麼意思？」

「啊，譬如說，一首音樂讓你感到愉悅，或看到一張美麗的臉龐，或嗅到好聞的味道。但愉悅能夠獨立於任何外在的影響嗎？」

我沉吟一會兒，想到自己曾經有過一種感覺：心中無一物，唯獨喜樂。「是的，我同意。我現在就感覺到了。你有嗎？」

「是的，感覺到了。我認為，大麻會帶來這種效果。」

我笑起來。說到大麻，他總是用cannabis這個字11——我心想，達爾文應該也一樣。「奧立佛，現在有感覺了嗎？」

眼睛仍然閉著，正看著內心的影片，奧立佛說：「是的，啊，有……」

「奧立佛，這不就是幸福嗎？這種純粹的愉悅豈不就是幸福？」

「我不知道。你認為呢？」

「我不認為。愉悅，即使不是依賴某種對象，也要牽涉到感官——是官能性的。愉悅可以帶來幸福，幸福卻未必帶來愉悅。因此，兩者之中，哪一個的等次較高？」

「幸福。幸福比較複雜。」

「同意。」

譯註

1. 宮城（Miyagi），這裡指的是位於紐約市西村的宮城餐廳。
2. 喬・迪丹（Joan Didion），美國女權作家。
3. 黛安・阿巴斯（Diane Arbus, 1923-1971），攝影家，入選美國攝影史五十位偉大攝影家之一。
4. 艾德蒙・懷特（Edmund White），美國當代著名作家。
5. 楊納傑克（Leos Janáček），捷克當代著名作曲家。
6. 盧力亞（Salvador Luria），蘇聯神經心理學家，其著作《記憶大師的心靈》令薩克斯深受啟發，在撰寫《睡人》時便以該書為榜樣。
7. 薩克斯一九八七年起曾因撰寫書評而開始探究、關心聾人的文化與手語的本質，並受《紐約書評》之邀撰寫過一篇文章，報導一場抗議任命聽人校長掌管專收聽障生的大學的學運活動，他在觀察遊行活動時被拉著加入抗議隊伍。薩克斯在自傳中稱這是自己畢生絕無僅有兩次參加抗議活動中的一次。
8. 奇妙仙女（Tinker Bell），迪士尼動畫《小飛俠》中的人物。
9. 視障燈塔（Lighthouse for blind）是一個非營利組織，服務對象為盲人與視力障礙者。
10. 摩斯・康寧漢（Merce Cunningham, 1919-2009），美國著名編舞家。
11. 在美國，二十世紀以前，說到大麻，通常都是用大麻的學名 cannabis，當時，大麻的用途大多與醫療與紡織品有關。一九一〇年後，大量墨西哥人移民美國南部，他們吸食大麻，從此大麻才遭到媒體汙名化。大麻一詞也從拉丁語 cannabis 變成了西班牙語 marihuana，且具有貶意。

傑克森廣場公園

滑板大軍

我曾經對人說，來到紐約，爲的不是美。

我說，那是巴黎或冰島才有的。

我說，來到紐約，住到紐約，就得忍受地鐵的噪音、髒亂和老鼠，以及往來市區計程車塞在車陣中的寸步難行。

我在講些什麼鬼話，連自己都搞不清楚。

假如有一種晶片可以植入追蹤一個人的用字遣詞，一如健身者戴著四處走動計算里程的計步器，我敢說，「**好美**」一定在我的十大常用詞彙之列。我常說，這很美，那很美。重點是，這裡的美，以不美的方式呈現出來。

搬來之後不久，一個星期天清晨，在第十八街附近的第六大道等待燈號改變，聽到很像剷雪車低沉的隆隆聲傳來。但當時並不是冬天，街道很乾淨，我心裡正納悶，燈號轉綠，卻沒有一個人或一部車走上或開上十字路口。沒有人有辦法。一群溜著滑板的男孩，成群結隊佔領了第六大道——一群又一群，恐怕有一百或兩百人，我不太確定，其中或許也有一兩個女孩；總之，全都分不清了。但見這批四輪無爪的入侵者，吆喝吶喊，引起瘋狂的狗吠，完全淹沒了輪子滑過街道的聲音。有些男孩脫掉上衣迎空揮舞有如旗幟——一支入侵大軍的旗幟，自由、迅捷、速度、朝氣、頑皮、青春、流暢，展現無遺，恣意歡樂的無政府狀態，而且**目中無人**。

呆在一旁的人，不是只有我張大了嘴吧，不由自主鼓起掌來。不過一瞬間——極其迅速——滑板大軍呼嘯而過，毫無疑問，接管市中心去了。這時候，燈已轉紅，我們仍然釘在原地，半公尺之外的人行道上。

我在想，這情形到底是在幹嘛，卻從未深入研究過。總有些人在推銷東西或推銷人，如果那只是某種促銷手法——譬如，某種品牌的滑板——或拍攝音樂ＭＶ，我實在沒有興趣去聽。而這事是千眞萬確，不是憑空夢想出來的，我唯一留下的證據，是在回家途中用手機給朋友吉米發了一則語焉不詳的簡訊：「美，阻斷了交通。」

吉米在紐約住得比我久，他也以簡訊回覆我：「我知道。」深得我心。

Part II 不死

華盛頓廣場公園

Notes from a Journal

隨筆日記

2011
12.17

奧立佛：「我以為，人老了就會令人厭惡或一文不值了，還好，都沒有。」

我：「都沒有，怎麼做到的？」

奧立佛：「除了你，還有，思考與寫作。」

2012
01.01

午夜將至，教奧立佛開香檳，這碼子事他可是從未做過：啵！塞子彈開，只見他滿臉驚喜錯愕，真是開心。只不過他堅持要戴上蛙鏡，以防萬一。

奧立佛和我在他家看著第八大道街景；外邊寒冷灰暗。他就著單眼望遠鏡，鎖定一支巨大煙囪。

「煙的行徑自必遵循其法則。看起來有如一個宇宙正在形成；讓氣流具體呈現出來。」停頓。「有些向下沉降，好奇地下探屋頂。」

他大可以去做影片旁白。

「現在在抽芽了，有如冒出了小煙捲，有如水螅……散開……拉長（trails）……」他放下單眼望遠鏡。「*trail*：好字。」奧立佛轉向我。「你覺得自己上路了嗎？」1

「現在是。」我回答，「有很長一段時間，我覺得偏離了路徑。」

奧立佛點點頭。

「每個人都**有**一條路。但要自己去**創造**。」他說。

一分鐘一分鐘過去，奧立佛和我望著窗外。我心情寧靜，無需多問；深知奧立佛也一樣，一切盡在不言。

「『老人應該做個探險家。』」他突然說。「我喜歡這句詩。」

「奧登[2]？」

「艾略特[3]。」

No Date

穿衣服準備散步，奧立佛習慣每穿上一樣便說一樣：「外套。帽子。手套。muffler（圍巾）[4]……」

說到這裡，他停下來。「在這裡，你們說『muffler』嗎？」

「這裡？你說『這裡』，是什麼意思？」好像他剛來到美國似的，我提醒他，好像他剛從英格蘭來才幾天而已。

「事實上，我來這裡已經四十二年，早在你出生那年之前的夏天！」

我還沒出生他就在這裡了：我還是不免吃了一驚。有時候，我老覺得奧立佛比我小些。

2012
03.17

奧立佛：「熱愛對稱是不是就無法忍受不對稱，我不知道。你呢？」

我：「我認為，一個人可以兩者都愛。我認為一個人可以兩者兼容並蓄。」

奧立佛：「好，很好。」

2012
04.07

一頓再典型不過的晚餐：

奧立佛用指甲刀剪掉四季豆的末端，「蓋起來」用蒸的。我修去花椰菜爛掉的部分。兩人共享一根巨大的胡蘿蔔，彼此傳過來傳過去，一邊享用奧立佛特有的混茶：燻製正山小種紅茶[5]混合爽口的大吉嶺茶[6]。

鮭魚用滷汁醃起來。我看報紙，奧立佛進臥室做他特別的五十五下仰臥起坐——第一下吐氣，第二下閉氣五秒。奧立佛凡事偏愛五。我在爐上烤魚，每一邊五分鐘，用剩下來的白麵包[7]做吐司。

我開了一瓶紅酒。

心情不太好，原因不明。

為了幫我轉移，逗我開心，奧立佛講了一個故事：一個妥瑞症[8]患者，是個外科醫師，每天早上做體操時都要抽菸。我笑起來；這故事以前沒聽過。吃完。奧立佛起身，在他那本大字版《火星上的人類學家》[9]中找出那則故事。我躺在躺椅上，他坐桌前，從頭到尾念出整個故事，音調生動，把不尋常的文字活靈活現表達出來。躺椅上，我偷瞄他幾次，只見他的臉離書不過十公分，驚訝於他居然能夠閱讀——他幾乎已經全盲。當他讀到結尾，我鼓掌。回到廚房，他嫌酒「太酸」，因此加了一點糖精——「好多了」——乾杯飲盡。閒聊一陣之後，我說要去睡了。他心不在焉，拿起波特酒[10]瓶子，拔開瓶塞，喝一大口，喃喃自語：「波特無與倫比。」

第二天早晨，奧立佛說他做了一個夢，夢到他在「兩個巨大蘑菇陰影下一家迷人的小餐廳」。菜色如何？「兩種蕨類沙拉，以及用七千二百一十二種不同的胡蘿蔔做的胡蘿蔔沙拉。」夜半醒來，在廚房的白板上，他寫下那個數字（還畫了一張蘑菇的圖）。

2012
04.08

奥立佛：「用語言具體陳述出來之前，你會意識到自己的思想嗎？」

譯註

1. trail，當動詞用，有「拉長」的意思；當名詞用，也指「路徑」。
2. 奧登（W. H. Auden, 1907-1973），英裔美國詩人。
3. 艾略特（T. S. Eliot, 1888-1965），英裔美國詩人、評論家、劇作家，作品對二十世紀文學影響深遠。一九四八年獲諾貝爾文學獎。
4. muffler，圍巾，一種老式的說法。
5. 正山小種紅茶，中國生產的一種紅茶，原產區在武夷山，有紅茶鼻祖之稱，茶葉經松木燻製，有非常濃烈的松煙香。
6. 大吉嶺茶，產於印度西孟加拉邦大吉嶺地區，最早由蘇格蘭醫師亞瑟·坎貝爾從中國安徽引進。
7. 白麵包（challah bread），猶太人在特殊宗教節日吃的麵包。
8. 妥瑞症（Tourette），又稱抽動症，為遺傳性神經內科疾病，常發於學齡前至青春期來臨前，部分患者會在青春期後大幅減輕症狀。
9. 《火星上的人類學家》（*An Anthropologist on Mars*），薩克斯的著作，全書包括七個故事，主角都是腦神經先天或後天受損者。
10. 波特酒（port），葡萄牙產的葡萄烈酒，味甜，多當作餐後酒。

謝謝先生

一天晚上，外出去看海莉的樂隊在布魯克林一家酒吧的表演，這類事情，若是第二天要上班，平常是不會做的，但話又說回來，在夏日的星期四，朋友的樂隊在酒吧有演出，人生又能有幾回呢？剛出大門，一個高大的黑人，一同穿越馬路，他一身黑色套裝領帶，騎著一輛銀色腳踏車——看來極其優雅，儼然第八大道的天使——不由得覺得自己做了一個正確的決定。

地鐵車廂擁擠一如尖峰時段，面對面是個鼻子埋在 Kindle 電子書裡的孩子，這景象突然使我意識到，有的時候，在大眾運輸上所得到的——且放到心上的——並不是一個經驗，而是一個難以忘懷的表情。當地鐵進站，將孩子從他沉迷的世界中拉出來，只見他一臉驚愕，困惑（這是哪一站呀？），焦慮，不安，最後，放鬆下來。他臉上恢復平靜，重新回到閱讀，只剩下我驚嘆不已：這孩子不知道他晚生了一個世紀，不然可是一個默片明星。

在貝德福（Bedford）下車，按照之前草草記下來的方向走去。一條幹道卻因爲不明原因封閉了，因此，方向也不再有意義，我手機沒有地圖 app 或衛星導航，只好自己找路。空氣中有一股童年夏日的氣息──割草、汽油、棒球場的塵土。聽到球棒擊球的脆響，便循著聲音走去。

左轉，然後右轉，到了街道盡頭，看到一位仁兄坐在倉庫裝卸場的一張長椅上。我走過去。他兩腳擱在椅子上，旁邊放兩瓶啤酒，看來像是結束了漫長一天的獎賞。

「晚上好呀。」我說。

「是呀，剛空下來哩。」

我注意到他身後成堆的箱子和機器，想要弄清楚這到底是個什麼地方。他告訴我，這裡什麼都是──鑄造廠、堆高機維修廠、藝術家工作室、倉儲。我問他，可不可以看看。他沒馬上回應；思考著這項要求。我以爲他會說不。結果卻是：「當然，只是……小心點。」

這一來，我還眞有點好奇了，趕忙往裡頭去。越往裡面就越覺得有趣──一處堆放廢棄物的場所，看來都是些無用的東西，有殘破的機器和夢想，失敗的發明，因化油器報銷而中斷的公路旅遊。空氣中瀰漫著塵土、機油和汗水的味道。

我沒有盤桓太久，怕惹人家嫌。「眞的很酷。」我說，趕忙退出來。

「謝謝。」他回我。仰頭喝一口。

看著他，他似乎在想自己的心事。接下來想講的話該不該出口我還在猶豫，但終究忍不住：「很好聞的味道。」

「謝謝。」他說。

對於他的工作環境、氣息及一切，我表示欣賞，而他也視爲當然，令我十分歡喜。問他去俱樂部的路，他欣然相告。

我跟他道了晚安，自行去了。

到了俱樂部門口，保全跟我要身分證件。「你以爲你年紀大到可以就這樣晃進去？」他打趣說。

我掏出皮夾挖出證件，他看了一眼。「五十？」

「五十一。」

「看起來不像。」

「感覺也不像。」我回他。「你呢？」

「猜猜看。」他說。

我端詳他。「三十八。」

「不對。我看起來比較年輕些。」

這時候，一個模樣十分年輕的女孩來到門口，應保全要求，在錢包裡摸她的身分證件。

老實說，她看起來不足法定年齡。「他的年齡，妳猜得到嗎？」我問她。

她一臉困惑。現在不是要求證明**她的**年紀嗎？

她有點招架不住。不知所措。她把這事認眞當回事，不想得罪他，卻又不知該怎麼辦。

她說她最不會猜年齡，從未想過這類事情。

「猜猜看。」保全慫恿。「試試看，我多大年紀？」

她仔細研究他。「你……人很親切。」最後，她說。

眞虧她想得出來。

「這個答案好。」我說。

「沒錯。」保全同意。「非常好。」

「他看起來就是這樣。我不知道他的年齡，但他看起來很親切。」

保全檢查了她的證件，沒有問題。我們互相自我介紹：雷蒙，比利，克里絲朵。克利絲朵要我到吧檯去，說她在那兒上班，她會請我喝一杯海尼根。

「酷。」

★

海莉——白天，奧立佛的助理；晚上，音樂工作者——與她的樂隊演出精彩，把兩個臥室大的酒吧當作體育館一般在演奏。我待到很晚，而且多喝了一瓶本來不該喝的啤酒。離去時經過倉庫，那位謝謝先生還在，這會兒多了另外兩個人，也多了好幾瓶啤酒。

「還在這裡？」我沒話找話講。三個人全都看著我，面無表情，神色自若，彷彿心裡想著：當然在這裡，誰想去別處？

「是呀。」他回答，「確定一切運作正常。」

「我覺得已經挺安全的了。」

「謝謝。」他回答。

我道了晚安，三個人回我晚安。

走回地鐵的路上，看到天上大片白色積雲。晚上明亮的雲，月光從背後透過，常令我心情愉快。看起來十分超現實，卻讓人覺得自身與**大地**一體，與**宇宙**一體，而不只是一個城市的偶然。接著，我做了一件事，一件當我覺得有點迷失或需要提醒自己的人生走到了哪裡時會做的事：摒除雜蕪，快速盤點自己所擁有的無形庫藏：

「可以知覺到這是一個星球，」我喃喃提醒自己，「一個擁有天空和雲的星球。

「心中擁有母親，她喜愛雲，明天，她去世一周年了。

「心中明白自己何其幸運能在這裡。

「心中明白在這裡找到了自己。

「心中明白自己心存感激。」

草地上的情侶

Notes from a Journal

隨筆日記

2012
--

奧立佛：「有的時候，我覺得事情尚有不足，弄到後來卻過了頭。我這個人，沒有中間地帶。」

2012
06.17

今晚碰到一個年輕舞男。休息時間，在他上班的酒吧喝著紅牛[1]，名叫溫尼，二十五歲。「我靠在這打工，跳舞，把書唸完。」他說，「流行設計學院〔F・I・T・〕——剛畢業。」我恭喜他，跟他握手，仍然汗濕。

「接下去有什麼讓世界驚豔的打算？」

他笑笑。「攝影，時尚攝影，最沒有出息的。」

他拿出iPhone，展示最近拍攝給的照片我看。我大為驚豔，還真不賴——高度風格化；裝飾藝術與一九八〇年代合體，但好像帶有一些瑪丹娜[2]的影響，我說出我的看法。

「沒錯。瑪丹娜救了我。《光芒萬丈》是我買的第一張專輯，我愛極了那上面的攝影。我當下就知道，那正是我要的。」

年輕舞者問我做什麼的。我告訴了他，並提到這個週末刊載在《紐約時報》的一篇東西，還有我的書。

他說，他想讀《紐約時報》那一篇文章。「聽起來很浪漫。」

「的確是浪漫。」我告訴他。「非常浪漫。浪漫，你也是？」

他回我一臉的莫可奈何。

溫尼告訴我，他在島上長大——長島，一個戴著厚厚鏡片的皮包骨小孩——「實際上，我是法定的視障，絕沒騙你；跳舞時，我什麼都看不見。」夢想有朝一日住到紐約。瑪丹娜也是他夢想的一部分。

「而你做到了。」

「是的。」

「你來了。」

「我來了。」

他又去舞池表演了一場。後來，再度休息，過來找我，我們重拾話題，只不過，他覺得有事情應該先告訴我。「我有一個男朋友。」

「我也是，而且他知道我來這裡。不用擔心。」

「實際上，」他自己糾正，「兩個。我有兩個男朋友，一對，我是他們的男孩，了解嗎？」

他展示脖子上的鏈牌，上面刻著兩個人的名字。

這樣的情形怎麼擺得平，我無法想像，但誰知道呢？「很好啊，」我說，「說說看。」

就這樣，體格健美的年輕舞男把他的男朋友們及他對多角戀情的贊成一股腦都說了，問題是他現在碰到了麻煩。「昨天我們吵了一架……」

「難免的，注定會這樣的。」

「不，這次可是一場大吵。或許是因為明天是父親節，我真的很煩惱。我是說，這兩個人，都有點像是我爸爸；我爸媽什麼都沒給我，而他們卻幫助我……教導我。」

我點點頭，想到自己和史蒂夫一年裡面總有一、兩次的磨擦，通常都是些雞毛蒜皮小事——我通常稱之為「清水管」——甚至奧立佛和我偶爾也爭吵。我把溫尼拉過來摟住：「不會有事的。」我在他耳邊說，讓我的聲音越過迪斯可音樂進入他耳中。「我保證。」摟住他，彷彿過了天長地久。就算有人盯著我們看，我也完全沒察覺到。最後，我放開他。塞了二十元鈔票在他的下體護具中。

「去，」我對年輕舞男說，「跳舞吧。」然後，我打道回府。

奥立佛的桌子

2012
04.22

奧立佛正在整理他的桌子：

「我特別要清掉非常大量的小物品——放大鏡、眼鏡盒、鞋拔、橡皮筋……」

2012
04.--

站在鋼琴前面，奧立佛用膠帶黏貼散頁樂譜；為了看得見，樂譜都影印放大。他一邊工作，一邊念念有詞，我則靜靜地一旁看著。當然，這事情非常非常非常複雜。散頁樂譜一共是十四頁，而他「非常傷腦筋」第十二頁出了什麼問題，或者第八頁為什麼比第九頁稍微小了一些：「啊，啊，啊，」他很嚴肅地說，「我看我們有麻煩了……」他非常當一回事，連最糟的情況都想到了。

我看著他試圖修剪其中一頁不甚平整的邊緣；因為看不見，他下手時完全失去準頭，非常非常輕柔地剪著空氣，斯情斯景，帶著一種觸動人心的東西——他做著這件事時的謹慎在意；我明白，他總覺得要善待紙張，善待樂譜，千萬不可弄傷了。沒等太久，我輕輕移動他的手，使他得以剪到他想剪的部位。他說謝謝。

如此這般，在我的幫忙下——「拜託，把手放這裡，好不好？啊，不對，是這裡！」——他開始在長桌上用透明膠帶把樂譜黏到一塊。一頁接著一頁，再接著另一頁，每一頁都用膠帶像「鉸鍊」般連在一起，然後背面再貼一次。偶爾，他會分心，講些完全不相干的事。他注意到百葉窗沒拉平，問我是不是可以弄好（一如起司或當作便條的廢紙張，在他的世界裡，一切都必須對稱）。

我走過去處理，但他又叫住我：「善待蕨類植物！」

「**善待**？這是誰的口氣呀？」我逗他。「維多利亞女王嗎？」

他哈哈大笑，搶過來，護著他的「小寶貝」，避開我。蕨類植物剛發了芽，放在窗台上吸收日照（後來，他詳詳細細說明了它們的繁殖——卵子和精子，我儼然上了一堂十九世紀的兩性交配課程）。

我們終於把散頁樂譜搞定。他要我將它們摺起來——「有如手風琴一般」——然後開始彈奏。一首舒伯特的歌曲。他從頭到尾彈著，由左一路向右，我一路展開樂譜，伴隨他搞笑地吼叫著下達指令：「翻！」「翻！」彈得很好，而一切非常美妙。

2012
05.17

溫和宜人的夜晚；到赫瑞修街遊戲場散步，看女孩子玩四角傳球遊戲（four-square），男孩子投籃，其中有一個特別醒目——高大，矯健，古銅膚色，打赤膊。只見他奔跑，汗涔涔，灌籃，然後，突然踏上滑板，一個小迴旋滑過整個遊戲場，完美的平衡，一邊讀著手機上的訊息。

2012
06.04

在街上：一名婦人——包得密不透風——穿一身黑。戴一副墨鏡。出於某種原因，我回頭看她背影。她還戴著另一副墨鏡，在她的後腦杓。

從我窗户望出去：三角公園，長方形的分隔島上有兩棵樹。一對男女站在分隔島的一頭。不年輕了，或許四十吧？她，身穿一襲長夏衫，金髮。他，禿頭，一手放她臀部。他拉她靠近，吻她。他們出來攔計程車，結果卻在分隔隔島上親熱起來。真火辣。最後，他攔下一輛計程車。他們是要回他住處，我想像，去打炮。

這就是紐約的夏天。

2012
06.--

垃圾滿出了垃圾箱。街上滿是垃圾及汙水。空氣瀰漫惡臭。但落日把街道染上一片溫暖的粉金光輝。美極了。在紐約，我們離太陽比較近，我心想。

星期天：見一人在刮除街燈柱子上亂七八糟的難看小廣告——不是清潔工，只是附近的某位仁兄。看了一會兒，然後問他為什麼。他說，每隔一個星期左右他就會出來。「記住，你有合法的權利除掉這些東西，」他解釋道，「上紐約市政府清潔處網站去看看。」他在燈柱上噴上原來的灰色噴漆。「今天我帶的是灰色和綠色，有的時候，我也會帶上紅色的——消防柱用的。」

2012
07.29

在床上，奧立佛為我讀達爾文的《小獵犬號航海記》（*The Voyage of the Beagle*），他最喜愛的作品之一，我在他的書房發現的：**「本書以日記的形式呈現，包括此次航行的經歷過程，以及扼要報告我認為一般讀者都會感興趣的博物學及地質學觀察……」**

「譯註」

1. 紅牛（Red Bull），一種能量飲料。
2. 瑪丹娜（Madonna），美國著名女歌手、演員和企業家，跳脫傳統錄影帶視覺呈像的框架，是利用音樂影像達到自我宣傳最徹底的藝人。《光芒萬丈》（*Ray of Light*）是她的第七張專輯。

家居

同一輛計程車搭乘兩次

在紐約市搭計程車，和電視裡看到的完全是兩碼子事。電視裡的趣味橫生或多采多姿都是編出來的，現實世界裡幾乎不曾發生，除非事有湊巧——而且湊巧發生時，那情景可不是捏造得出來的。有一次，我碰到一個司機，斯里蘭卡來的，看起來十分年輕，幼齒到你可以合理懷疑他還沒到可以開車的年齡。結果，一問之下，他二十五歲了。他告訴我，他在紐約已經兩年，正在存錢，要把老婆和父母都接來紐約。只不過，他還沒結婚，甚至連未來的老婆在哪裡都不知道；等時候到了，他在家鄉的父母自會爲他安排一門婚事。說到求愛，我們更深入地談了一些，他告訴我：「她必須是處女。」

我根本沒問到這點上，但表示同意。「當然，沒錯，她一定要是一個處女。」我剛和朋友喝了酒，有點聒噪。

我們碰到紅燈。「而且我自己也必須是。」他加上一句。

「是處男？」

「沒錯。」他說，一本正經。

等一等，我心裡想，這樣的想法眞的好嗎？在那種情形下，別人怎麼知道他們做了什麼呢？

「因此，恕我冒昧：你從來沒有過性經驗？」

「從沒。」

「連一點都沒？從不亂來——即使是在這裡，在紐約……？」

他搖搖頭。

這事我放在心裡，琢磨了兩個紅綠燈。我這一生有過多少次性經驗，和多少不同的人，連自己都搞不清楚。我都不記得性經驗中最讓我喜愛的是什麼了。但至少我能這樣告訴他：「你一定會喜歡。一定會愛得不得了。那眞是美妙。」

斯里蘭卡來的司機看我一眼。「眞的？」

「眞的。沒什麼好擔心的。」

這樣不由自主的表白，也只有在計程車裡——一個封閉的空間，一段有限的時間——才有可能發生。有的時候我會想，是否是司機和乘客之間那道類似懺悔室裡的隔門，加強了這種印象。換到別的地方不會說的話便說了出來，不會做的事情也做了，或許是因爲你知道再也不會遇到他們。

但事情又未必如此。

一天晚上，在華爾街搭上一個司機的車，談起羅斯福[1]，聊得很開心。到十八街和第一大道時——當時我住的地方——他主動說：「靠右，兩條街的中間放你下來？」

「沒錯，你怎麼知道？」

「我記得你；以前載過你，去年。」他從照後鏡看著我。「桑尼。」他說。

桑尼。是了：隨著名字，長相和神態都回來了。

同一輛計程車搭了兩次的機率有多高？

他告訴我：紐約市有一萬三千八百輛計程車，他已經開了十八年，一天載好幾十個客人，這種情形對他來說還是頭一遭。

「所以呢……」

懷著平常心，我們互道晚安和再見。

「回頭見，桑尼。」我說。

★

我喜歡深夜搭車回家。記得有一次，前半夜和一位男士度過，之後在城北某處叫計程車。他爲我做了晚餐——燉肉與蘋果派。我身上依然留有他的氣味。外邊很冷，寒風刺骨；有人說那是紐約市有史以來最冷的一天（一種令人喜愛的誇大）。我問司機，天冷生意是不是好些。

「是的。」他咕噥著，帶一點口音。

沿著第二大道，我們開得飛快，一路闖紅燈。我拚命想要扣上安全帶——天殺的計程車上的安全帶，這玩意有一半時間根本沒作用——最後，我放棄了；我信任司機可以把我安全帶回家。

「一定很好玩。」我有點恍惚地說，「街上那麼空，這樣開……」我心裡想的是，如果是自己坐在方向盤後面。

隔了半晌他才回答：「不，不好玩。很緊張。沒有不緊張的，」

碰了這種冷釘子，出乎我的預料：「當然……這是一定的，是我沒有想到。」想要掩飾自己的先入爲主。

「這裡車少。」他又說，「但市中心呢？這時候正瘋著哩，花園有比賽[2]。」

腦海浮現一幅畫面：男人套裝領帶，大亨老闆和他們珠光寶氣的貴婦，花園第一排座位，一個奇異地塞滿各色花團錦簇的地方。「在不同地方載客，你所載的客人一定也大異其趣。」我說，彷彿講到了什麼好玩有趣的事，恨不得馬上就去看看——還眞想要他掉轉頭就往市中心去。

司機懂我的意思。「不，」他說，「並不眞是這樣，每個地方各樣的人都有。」

兩好球。啊，好吧。但我喜歡，這表示他確實有在聽我的問題，而且有在思考，並不只是附和而已。

我看到曼哈頓過去了，一路寒冷的城市和街燈。想像自己在一艘船上，一艘接駁快船，在北極。

「過第十三街了——對不對？」

「沒錯。」

碰到紅燈停下來，一長排車子。即使在那樣的時刻，穿越城市的交通還是很慢。

「做這種工作就像當個精神科醫師似的。」他突然主動開口，「別人都會跟你說他們的所有問題，各種各樣的事情、故事。」他的臉被前車的剎車燈照亮，看來他的腦子裡正掠過幾個這樣的人，幾個比較激烈的，我心裡想。

「通常，不是紐約人。」說到這兒，他比了一個封上嘴巴的手勢。「紐約人不太講話。但觀光客呢？觀光客話多。」

「原來如此，那你喜歡還是不喜歡乘客聊天？」

「啊，喜歡，我喜歡認識人。」

「你不介意我這樣問你問題？」

「一點也不，老闆。」

老闆。這可說遠了：我一點也不覺得像個老闆。就算是，有誰會喜歡老闆呢？這不像是在恭維。但我每次搭計程車鐵定都會聽到這稱呼。

「我來這裡才幾年，」我告訴司機，「四年前搬來的。」

他從照後鏡看我一眼。「一個嬰兒，像個兒童，四歲大——用城市經歷來計算的話。」

他咧著嘴笑。「我有一個女兒也是你的年紀。」

我笑起來：「你呢——你在這待多久了？」

「十二。」

「算是青少年了！」我說。他轉頭對我一笑。「打哪來的？家鄉在哪裡？」

「非洲，」他加強語氣說，「摩洛哥，卡薩布蘭加。就像那部電影，你知道的，亨佛萊・鮑嘉[3]？」

我瞧著他的臉：他正想著卡薩布蘭加——也或是許英格麗・褒曼。

「為什麼來這裡？為什麼是紐約？」

「賺錢，為家人。老婆孩子都留在那邊。」

對我來說，這實在難以想像——最親愛的人都住得那麼遙遠。沒有人弄給他吃，沒有人等他回家。

「我認為那樣很好，」他補充說，「對他們來說很好，這裡太艱難了。我的孩子，如果以後要來，等他們大些，那就還好。至於我自己？我不知道。我來，為的無非是美國夢，或別的什麼，天知道。」

他真的這樣說。人們的確會說些類似這樣的話——至少在計程車裡，在晚上。

他苦笑。

我感觸很多，也對他深感同情；為自己的寬裕和福氣感到過意不去；對紐約，對美國，則覺得不滿。但對我們的邂逅卻覺得幸運。

快到我要到的那條街了。「這裡過去，到街角，靠右。」

覺得還想繼續下去，好像才剛開始聊，意猶未盡。我告訴他我的名字，並問他的。他說：「阿布達爾（Abedel）。」

我在舊金山有個朋友，芙瑞希，凡是搭過的計程車，她都留下司機的名字，已經一長串了：Cheike、Akhtar、Alfredo、Mati、Sufia、Manuel、Mohammed、Juan、Raphael……。我覺得挺有意思，搬到紐約時也想著手進行。

付車錢時，我給的小費超出平常許多。阿布達爾轉過身來誠懇地說：「我們會再見的。」

他說這話的樣子有點怪嚇人的。

「你的意思是？」

「搭車啊。總會碰上的。冥冥中自有安排。」

我打開車門，但仍然坐著，等他把話說完。

「如果你哪一天想去卡薩布蘭加，我會告訴你可以去哪裡。」

「謝謝，阿布達爾。」

「不客氣，老闆。」他說。

「譯註」

1. 羅斯福（FDR，Franklin Delano Roosevelt），美國第三十二任總統，一九三三年至一九四五年，連任四屆，是美國唯一連任超過兩屆的總統。
2. 花園，指麥迪遜廣場花園，美國職業籃球比賽的場地。
3. 卡薩布蘭加（Casablanca），北非國家摩洛哥首都。電影名稱台灣譯為《北非諜影》，一九四四年奧斯卡最佳影片，由亨佛萊・鮑嘉（Humphrey Bogart）及英格麗・褒曼（Ingrid Bergman）主演。

第五大道與十三街路口

Notes from a Journal

隨筆日記

2012
08.26

我在聽碧玉，用我的 iPod。

奧立佛，閱讀、書寫他的旅遊日記。

我們：喝著香檳，在飛往雷克雅維克（Reykjavil）的班機上。

我望過去，看到奧立佛在日記上列出一個表。他說，他把**不存在**於人體中的元素列出來：

氦（He）

鈾（U）

硼（B）

鈹（Be）

鍶 銣 氪 溴 砷 鍺 鎵 鎳 釩 鈦 𨭎 錏 硅 鋁

(Sr) (Rb) (Kr) (Br) (As) (Ge) (Ga) (Ni) (V) (Ti) (Sg) (Ar) (Si) (Al)

釔（Y）

鋯（Z）

我問他答，順著我的手指往下移，逐個唸出它們的名稱。到了一個地方，他自己停了下來。

「它們喜歡像這樣被記住、背誦起來。」

「它們？」

奧立佛點頭。

他看起來再開心不過，而且不是因為酒精。

單獨列出來，冠上標題：「無或極少」，是屬於例外情形。他繼續說明有機和無機化學之間的不同。他說的，我有一半不懂，以後也別指望我懂。

2012
08.28

碧玉邀請我們到她雷克雅維克的家午餐——一個別開生面的下午；奧立佛說得最好：「事事皆在意料之外。」

他們倆認識兩年了，當時碧玉請奧立佛上英國廣播公司一個現場的音樂節目，但兩個人從未在社交場合來往過。事實上，奧立佛直到這次旅程排定之前沒多久，對她的作品還所知甚少。我彙整了一套她的音樂MV，幫他惡補一番。奧立佛坐在床緣，挨著電視螢幕十幾公分遠，為了要聽得真切，他不得不這樣，只見他專心看著，一動不動，尤其被影像給迷住了，足足九十分鐘。由於臉盲症[1]，無論在街上或電視上，奧立佛在認人方面都十分困難，有的時候會問：「那是碧玉嗎？」或是「哪一個才是碧玉？」這一刻天鵝裝，下一刻機器人裝，她的服裝和髮型千變萬化令他困惑不已，但對她的才華卻是印象深刻。

我們開入碧玉家後面的車道，透過廚房窗户可以看到她。她看來正忙著手裡的工作，十分專注。屋子以簡單樹籬圍起來。前院有一套小孩尺寸的桌椅，供喝茶聚會之用。沒看到有路，我們只好笨手笨腳撥開樹籬去到前門。她來應門。記憶中，她行著屈膝禮歡迎我們。事實上她當然沒有，是她迎接奧立佛時所表現的謙遜與尊敬造成這種感覺。她引領我們進入餐廳，桌子已經擺好。她向我們介紹兩位朋友，詹姆斯，英國人，以及瑪格麗特，冰島人，兩人都一頭耀眼的紅髮。

碧玉的頭髮往上梳，用一支藍色羽毛髮夾攏起來，一襲罩衫，簡單寬鬆，由數種不同顏色和圖案的布料拼湊而成，這些或許出於她自己的手。下著白色短褲，腳踏連跟涼鞋。她的臉龐：光滑，沒有化妝，漂亮；眼睛翡翠色；眉毛烏黑濃密，狀若兩支羽毛。

我走進廚房，她正在準備午餐。壁紙是一張列印出來的照片，展示各種精心編織的女性髮型——女神的頭髮。她完全放鬆，神態自若，看得出來一心要做好一個主人，要讓我們賓至如歸，而且有如一個母親，讓我們享用美味佳餚。我們簡單聊了幾句。但我卻緊張到說不出心裡想說的話——她的音樂對我何等重要，特別是史蒂夫死後。

碧玉催我們就座開動。椅子由樹椿雕成。桌巾繡以海貝。桌上：小碟盛裝著微溫的各式鹹味堅果。不多時，只見她端出一盤熱騰騰的烘烤鱒魚、沙拉及一碗煮馬鈴薯——「我喜歡連皮一起。」她說，言下頗有歉意。「你們呢？」奧立佛和我都點點頭。

聊天相當熱絡。聊冰島，聊奧立佛的新書《幻覺》（*Hallucination*），聊她的唱片《自然定律》（*Biophilia*），以及她的新計畫。她告訴我們，專輯《自然定律》（名稱靈感來自奧立佛的《腦袋裝了二千齣歌劇的人》〔*Musicophilia*〕）是在一座燈塔錄製完成的，就是前一晚我追逐落日時注意到的那座燈塔。碧玉說，在她的廚房有一份日曆，上面標有潮水漲退的時間，因此他們知道什麼時候可以去燈塔——以及潮水上漲時，會在那兒「卡」多久。她笑著說：「那樣真的非常非常好，因為想走卻走不掉，只好逼著自己工作。」她又說，曾經想要買下燈塔，也去詢問過。門都沒有，但她心想，那樣未嘗不好。「畢竟，燈塔是屬於大家的。」

吃完飯，碧玉帶我們穿過一扇小門，來到一座樓梯。這樓梯不是什麼普通的通道。奧立佛——永遠的博物學家——可是一清二楚：「哇，全都是玄武岩！看起來像是整塊玄武岩雕出來的！」碧玉點了點頭。為這副奇景增色的是：沿著階梯盤旋而上的欄杆是鯨魚肋骨做成的。碧玉含笑扶著奧立佛拾階而上。「還有這個。」指著頭頂上清輝灑落樓梯間的吊燈說，「這其實是我女兒和我用貽貝殼做出來的。應該無法長久保存，但……我們喜歡。」

她隨意晃入上面一個房間，我們隨之進入。裡面有兩件訂製的樂器，一件是鋼片琴，另一個狀似大鍵琴。她都用蘋果電腦裡的程式調校過了。她說明調校的過程時，我看得出來，奧立佛全神投入聽著。那一刻，就在那一刻，我突然體悟到，她和奧立佛一樣，同屬天才型人物，直觀式的才華洋溢，非比尋常。看似不可能，他們卻結成了莫逆。

回到樓下，碧玉端出醋栗派，那些漿果可都是自家樹上摘的。她和女兒前一晚上做的。「因為她是廚子，當然得由她吃第一塊。」一邊說，一邊指著那缺了的一角。她把剩下來的調理得可美了——澆上新鮮原味的詩蓋兒2，帶點酸——配上咖啡和茶。茶具儼然出自於《愛麗絲夢遊仙境》——每只茶杯真的都只是半個杯子，一半被切掉了。「我後來知道這些是給慣用右手的人用的，這些茶杯。」她說，「現在，我只要看看大家怎麼用這杯子喝東西，就知道誰是左撇子了。」她呵呵笑著。

吃完派，我看了一眼奧立佛的手錶，將近三點半了；我們來了三個鐘頭。奧立佛在一本《幻覺》的樣書上簽下——「冰島所有的人當中妳是唯一有這本書的」——我也送她一本我的作品，簽下：「給碧玉，銘感於心」。

【譯註】

1. 臉盲症，亦即面部識別能力缺乏症，學名prosopagnosia，英文為face-blindness，症狀表現分為兩種，其一，患者看不清別人的臉，其二，患者對別人的臉型失去辨認能力。
2. 詩蓋兒（Skyr），冰島傳統的優格，嚴格說來是一種由脫脂牛奶製成的起司。

哭泣的男人

一天晚上下班，五點十五分，往西走到富爾頓（Fulton），在百老匯搭4／5線前往城北。人行道上塞滿通勤者，人群的腳步緩慢，讓我不覺厭煩、憤怒。「快一點吧，大夥。」我小聲咕噥著，「動一動啊。」正說著，發現有些事情不對：一個年輕人，在我前面隔著兩、三個人，身子一軟就往下倒。他正好倒向一旁的建物。我趕到他旁邊。只見他臉色蒼白，面容扭曲，緊抓自己手臂。他身穿一襲西裝，看來像剛離開華爾街的辦公室。「你還好吧？」我問，「身體不舒服？需要幫忙嗎？」心想他或許是急症發作。我摸口袋找手機，準備打電話。

他沒回答。是個亞洲人，一時間我還以爲他不會說英語。我兀自反覆說著：「不舒服嗎？需要幫忙嗎？」

「不用了，我沒事。」他說，然後開始飲泣。我四下裡看看，不知道該做什麼。路人都在看。年輕人站起來，開始慢慢走著，仍然哭著。我陪在他身邊。

「確定沒事？」我問，「如果需要幫忙……」

他點了點頭，既然如此，雖然不太情願，我也只能走開，步下樓梯進地鐵站。轉彎時，看到他在我後面。我們四目相接。我放慢腳步，好讓他不致在人群中跟丟。他亦步亦趨，通過旋轉門，來到月台。但見他神色無比煩憂，痛苦讓他咬牙咧嘴。我有一種不祥的感覺，揮之不去，就怕他做出什麼傻事。他走過來，站到我旁邊；無聲哭泣，不言不語。

運氣不錯，車馬上就來了，我拉著他向前。乘客一陣推擠，爭相上車，毫不相讓。尖峰時段的地鐵，人潮眞是擁擠到無法想像。

他兩手緊緊抓住一根桿子，緊到指節發白，又開始哭了起來。車廂裡非常擁擠，把我們幾乎貼到了一塊。我把自己名字告訴他，並問他的。「肯尼斯。」他咕噥著，帶著不屑的語氣。

「怎麼回事了？肯尼斯。」我小聲問。

他深吸一口氣。「全毀了！」他憤憤宣洩而出。「我的整個人生。」

丟了工作？丟了財產？還是心碎了？我沒問。手輕輕搭在他肩上，由著列車行進的嗡嗡聲回應他。

彼此無言，過了好一會兒。

突然，他抬起眼睛。「你是個好人。」他說，口氣粗魯。他想要表達善意，我感覺得到，但不知爲何說出來卻不是這麼回事；聽來頗有指責的意味。這情景其實有點滑稽，我不由得笑了。

「聽我說，」我告訴他，「其實，你現在這樣的狀況我也有過。」我告訴他，有一段時日我常去克里斯多佛街空無一人的碼頭，就只是去哭上一陣子。「很難過。」

車廂擁擠，但除了一個身穿西裝領帶年輕人的抽泣聲，竟靜悄無聲。我四下裡掃視，不乏警覺、擔心的面孔。大家都不想打擾，卻都在聽著。

我看到一個印度婦人，坐在附近。她朝我無聲說出：**他還好吧**？**他要不要坐一坐**？我問肯尼斯，但是，他不要，他要繼續站著。印度婦人擠了過來，跟我們站到一塊。就這樣，三個互不相識的人，靠著同一根地鐵桿子穩住自己。四面八方的地鐵乘客壓擠著我們，彷彿成千上萬，這一節車廂的，下一節的，下下一節的，前面的，後面的，有如一堵長長的擋土牆擋住整座山坡不讓傾倒。

她問肯尼斯，今晚有沒有地方去，有沒有人陪。他正要回家，他回說。他要在大中央總站（Grand Central）轉車到楊克斯（Yonkers）。她提議陪他。他拒絕了——不要，不要，他說——但她堅持，她樂於走這一趟。

我謝謝她。「我下一站得下車。妳確保他平安回家？」

「一定。」她向他介紹自己，聲音有如一首歌。

十四街和聯合廣場到了。祝福肯尼斯好運之後，再次向婦人道謝，我下了車。

補妝

Notes from a Journal

隨筆日記

2012
09.16

在布魯克林格拉漢姆大道站等地鐵回曼哈頓，不經意看到一名男子，頗有點歲數了——長相好看，光頭，也許五十八、九年紀——再三打量著一個經過眼前的短裙年輕女子。他發現我在看他，微微一笑，衝著我說：「你認為她知道自己有多漂亮嗎？」

年輕女子已經走得夠遠，不可能聽得到。

我看著她和朋友遠去；確實是個尤物，至少從背影看的確如此。「我不確定。你為什麼不去問她？」

他搖了搖頭。「不，我配她太老了。」停了一停。「今天晚上，我會對另外一個人說。」

「約會？」他點點頭，彷佛在為晚些的活動熱身，開始跳起華爾滋來——一——二——三，一——

二一三。這一幕真是賞心悅目至極，宛如那一次看著一位演員在地鐵練習他的台詞，手中握著捲起來的劇本。男子繼續舞著。地鐵來了。月台的另一頭，那女孩和朋友進了車廂。這一頭，華爾滋男和我進入另一節。

你認為她知道自己有多漂亮嗎？

2012
09.30

明明有那麼多想說的，要寫出來卻是那麼困難，為什麼？

容我改變一下措辭：當心中充塞那麼多想說的話時，最是難以下筆。

溫蒂・魏爾，我的出版經紀人，死了。星期一，被人發現死在康乃狄克州自己家中；據說，是心臟病發作，在床上，原稿散落一身。「我還有很多東西要趕著讀完。」星期五下午我們聊天時她還這樣說著，那時我們剛簽完我的新書合約。

失去這個朋友，令我哀傷不已，豈只是朋友而已，我們亦師亦友。我依稀可以聽見她對我說的許多話，盡是支持：每當你對她說出自己的希望，或許是期待從出版商或編輯那兒得到答覆時，她會說「O-key——」，總是特別加重第二音節，拉得格外長，一連說上好幾次。還有，當她說「這真是你的顛峰之作」這一類的話時，總是微低著頭，兩眼目光穿過瀏海，極其認真地凝視著你，對我在《紐約時報》寫的某幾篇東西，她就是這樣，我知道她的話是發自內心的。又譬如，有一次和西蒙與舒斯特出版社[1]的編輯吃完午餐，我們決定走路回她的辦公室，不搭計程車。快到洛克菲勒中心時，我們看到一家高檔巧克力店——「他們的巧克力堪稱神品。」她說——於是我們停下來，買了五顆，她辦公室的艾蜜莉、艾瑪及安妮各一，溫蒂和我則邊走邊吃我們的份。

2012
10.02

今天早上，在擁擠的地鐵裡，看到一個年輕黑人女性，一身粉紅系列：粉紅長褲，粉紅荷葉邊上衣，粉紅外套，粉紅輕便舞鞋，以及粉紅手提袋。臉上掛一副寬大圓框墨鏡。我想到溫蒂。她喜歡聽我講地鐵上的遭遇和景象。那時候，一如往常，我戴著iPod，正聽著尼爾・楊（Neil Young）的歌，聲音低沉哀傷，美到無可言喻。聽著聽著，眼淚就來了。我戴上墨鏡。深深吸一口氣。不想在地鐵上哭出來。我再度把注意力放到那位粉紅女郎身上。她用她最喜愛的顏色，她的幸運色，把自己裝扮起來，我欣賞著。我想像她是要去接受一份新工作的面談。她也正朝我這邊看，雖然看不到她的眼睛，但我確信我們正四目相交，淚水不禁滑落。「妳一定會擁有美好的一天。」在心裡，我對她說：「妳看起來美極了。」地鐵到站。粉紅女子起身，下車，回眸對我一笑。

2012
10.08

星期天，晚上，與奧立佛參加聖巴特教堂（St. Bart's church）一場音樂會：莫札特的安魂彌撒，演出者為康乃爾大學醫學院（Weill Cornell）學生及醫師管弦樂團。其中一位醫師認出奧立佛，為我們安排了好位子。演出精湛。後來又去見了林恩及維德・梅塔夫婦（Linn and Ved Mehta）。一個落雨的夜晚。

回家途中，車上聊天：奧立佛說，聽安魂曲，不由得讓他猶如「拍攝」一般看見了他自己的死亡，感覺上，「也無煩惱也無安詳，就只是……**適時適所而已**。終將如此。」

我望著他點了點頭，握住他的手。

回到家，把前一晚做的鮭魚和蔬菜熱了，擺好桌子，開一瓶紅酒，打開收音機。

清理廚房，奧立佛洗盤子，有感而發：「有人覺得它們想要被清洗。有人則覺得它們對此心懷感激。」清洗的人意猶未盡，又把已經洗乾淨了的咖啡杯和酒杯加進去。「這一來，它們就有伴了。」

他這個人就是這樣可愛搞笑，把感情傾注到鍋碗瓢盆及我們吃飯的桌子上（迫不及待鋪上一塊餐墊生怕「傷到」它）。在他的眼裡，多數的**物品**——沒錯，我是說物品（瓶瓶罐罐、鬧鐘、自來水筆、鋼琴，特別是書）——都當它們有生命，有其本性……，可是另一方面，又承認這樣實在荒謬，可笑。

早先，吃完晚飯後，奧立佛談到他一個過世的朋友卡爾頓・蓋杜謝克[2]，諾貝爾醫學獎得主——興致勃勃，信心滿滿——將他比作歌德，奧立佛告訴我，有人說：「他擁有一種**本性**。一種本性。」

奧立佛的意思我認為我懂。他這個人最討厭被別人歸類、定位，非此即彼，醫生或作家，同志或非同志，猶太人或無神論等等，但我並不是十分有把握，便慫恿他繼續講下去。

「一種本性。」他重複一遍，彷彿只能這樣表達。「他不是此不是彼，不是被人貼上的各種標籤，不是一個『身分』，有如今天的人，而應該是他所有的各個面向都屬於一個整體，無可分割——關鍵在於他是誰，而不在於他是**什麼**；一種自然的力量，我認為。」

2012
10.21

發現奧立佛坐在書桌前，伏在一本黃色便條本子上寫著東西，我到他對面坐下。他正寫一篇新的「小文章」，一個無神論者談「荒謬的」死後概念。他下的標題是：「在第三個千禧年見到上帝」。

我已經喜歡上這文章了，便告訴他。他便把已經寫好的讀給我聽，頁數還不少，十二頁，或十五頁。他念我聽，一字不漏。文句流暢、篤定。

外邊：第八大道喇叭聲喧囂；想來定然塞車嚴重。我可以想見紅光成河。奧立佛心無旁騖。已經快要終篇，只是接下去如何落筆尚在斟酌。突然間，他靈光一閃：「……一種對天堂的無盡憂思……」

我說，有點像是莎士比亞的句子。

「很接近，有幾分像。」是托馬斯·布朗爵士[3]的，他告訴我。「幫我找出來，拜託。」他說，我隨他進入後面的小房間，裡面滿架子的小說、戲劇和詩，是文學，而非神經學與科學書籍。他找到B的部分，仔細搜尋書名，很快就顯得不安。「怎麼搞的，到哪去了？《醫者的信仰》（*Religio Medici*），明明有的。」他一激動起來就失去耐心；我有點期待他跺腳頓足起來。

我從後面抱住他，掃視著書架：Borges、Burgess……

「托馬斯·布朗的書我全都有，我所有的書……」他的聲音在追憶的渴望中漸漸微弱下來。

「啊，怎麼會這樣呢？」

「你確定是在這裡？」我去到客廳，找到B的部分。有了，四、五本托馬斯·布朗爵士。

「太棒了！」奧立佛高興地大叫。「還是你聰明！沒有你我怎麼辦？」

「那你就會好幾天沒鑰匙、沒酒杯，或沒你的托馬斯·布朗。」

回到書桌前坐下，他往後一靠。「來點酒吧。」他說。

我帶著兩只杯子回來。他翻著那彷彿隨時會碎掉的書頁，大聲唸出五、六十年前自己所做的注釋及劃下的重點段落。最後，找到了他要的，「不是在《醫者的信仰》裡，是在《基督徒的品行》（*Christian Morals*）。我忘掉了。而且是在最後一頁……」

起先他自己唸著，品味著文字，然後大聲唸給我聽：「『勿以長壽為念：當思每日都是最後一天，活著切勿斤斤計較。常常一再活得比預期還久的人，等同擁有數世人生，不會怨嘆生時的短缺。時光逝去如影，且將時間化作當下……』」

「真動人。」

奧立佛跳到前面幾頁：「『如同我們在別處所強調的，任何人，若能歡喜體認基督教的毀滅、狂喜、解脫、轉化、配偶之吻與進入神聖的庇蔭，根據神祕神學[4]，他們就已經擁有……』」

他抬起頭，開懷笑了。

「啊，是這裡了：『一種對天堂的無盡盼望』。」

2012
10.30

珊蒂颶風過後，前夜的停電尚未解除。眼見第八大道沒了塗紅抹綠染黃的燈號，感覺還真怪異；街上空蕩蕩的，只見一、兩個行人；消防車、救護車、警車齊聚第十四街。風在呼嘯。警笛在呼嘯。

奧立佛躺臥躺椅，我窩在休閒椅裡。窗户開一條縫，強風灌入，凍人雙腳。我們把他生日那天沒喝完的凱歌香檳（Veuve Clicquot）開了；沒喝掉的話估計也會變溫。電晶體收音機開著，聽眾打電話進來，報導所見景象，聲音充滿恐懼。奧立佛回想童年戰爭時期的停電，以及紐約的第一次大停電，那時是一九六五年十一月，他從布朗克斯到克利斯多佛街，不得不用步行的，花了六、七個小時。

此時此刻，多少年過去了？奧立佛七十九，我五十一。沒電、沒水、沒電話、沒瓦斯、沒暖氣。

我們喝香檳。互相敬酒。心存感激。

譯註

1. 西蒙與舒斯特（Simon & Schuster），美國六大出版商之一。
2. 卡爾頓・蓋杜謝克（Carleton Gajdusek, 1923-2008），一九七六年獲頒諾貝爾醫學獎。
3. 托馬斯・布朗爵士（Sir Thomas Browne, 1605-1682），英國作家，對醫學、宗教、科學和神祕學均有所貢獻。
4. 基督教神祕神學，又稱基督教神祕主義，是一種基督教修行方式，追求信徒與上帝、耶穌、聖靈之間的直接體驗與心靈上的結合。

弗萊迪與哈利伍德

不死

一天黃昏，打電話給奧立佛，叫他到我們公寓大樓的樓頂見面。我頗用了點心思，備好晚餐——烤雞、上好的麵包、橄欖、櫻桃、紅酒，外加野餐桌，卻忘了酒杯，兩人便輪流對著瓶口暢飲。時當夏日，太陽正在哈德遜河上落下。有鄰居也搬來桌子，一旁自娛。微風習習，周遭城市景觀有如音樂劇的舞台布景。

若問，什麼是一場強烈風暴的對照，這就是了。此時，天地盡卸掩遮，展現了一切美的組合。收拾盤碟下樓回家之際，奧立佛說：「眞開心我還沒死。」話聲響亮，只因爲他有些重聽。儘管如此，他還是被自己的話嚇著了，彷彿那只是他心裡的感覺，並沒有要眞正大聲說出來的意思，也就是說，心念轉變成了驚呼，脫口而出。

「你還沒死，我也開心。」一個鄰居高興地說，唱著副歌一般附和著。「眞開心我們都還沒死。」另一個人說道。接著，屋頂上，大家同時舉杯，敬落日，也敬我們。

依我看，說人生苦短，很開心自己還活著，不過是人云亦云罷了，但說很開心自己還沒死，那就得要有了年歲，歷盡滄桑，對喪失自有一番體驗才行。說這話的人，必定了解死亡是怎麼一回事，也了解死亡本身徹底的絕對性。

說到底，死亡的方式甚多——平靜的、暴力的、突然的、緩慢的、情願的、不情願的、早逝的。但一旦死了——就只有死或沒死的差別而已。

活著，卻迥然不同，有各種不同的程度。有人活著，卻若非半睡就是半醒，任由日子飛逝，無論血液及大腦中的氧氣多麼充足，心跳如何穩定。幸運的是，這種情形可以扭轉。一個人可以學會對於不凡的事物有所警覺，然後按下暫停，將日常的時時刻刻銘記在心。

如今回想樓頂的那個夏日夜晚，以及自那時起，多少人，相識的，相愛的，都已經失去：母親、三個朋友、兩位鄰居，還有我的出版經紀人溫蒂，對我來說，她有如第二個母親。上星期，一個午後，許多親朋好友相聚，悼念她，美好而溫馨。愛爾蘭人如我，飲泣未曾中止。啊，沒錯，我漸漸相信，好好哭一場，猶如爲靈魂這輛車洗滌一番。

事後，信步而行，經過列克辛頓（Lexington）地鐵站一個入口，繼續往前。天色已暗，頗有寒意。但這時，秋夜卻退去，列克辛頓也神奇地變成了第五大道，我的心思回到了六月與溫蒂共度的那個溫暖下午。那天用完午餐，我們決定不叫計程車，走路回她的辦公室。她身材高挑，足足高出我一個頭。因此，每每看向她，便都有一些背景隨之進入眼簾，諸如藍天、高樓、第五大道上飄揚的美國國旗，覺得自己像是在攝影機台車上，透過拍攝電影的鏡頭看著她。她滿臉笑意，一襲無袖洋裝。我們一路聊著自己對紐約的喜愛——她，土生土長，我，一個新來者——這一刻，我深深意識到，我多麼高興此時此刻身在此地，並且想要盡可能記住這一切。我的確記住了。那短短一程的步行，在我腦中不斷地反覆播放著。

回到家，奧立佛來電。「到樓下來，」他說，「東西正在醃著哩。」我們把餐具擺好，開了一瓶酒。他做了烤鮭魚和蒸豌豆。我們切一個蘋果當甜點；美好的一餐。打開收音機，古典音樂台的「認識貝多芬之月」，開始播放作品一三三號〈大賦格〉，原本只是他晚期一首四重奏的結尾部分。古典音樂我並不內行，若非節目主持人說明，我會以為這是一首現代作品——十足的當代風格。奧立佛說，在貝多芬的時代，大家就都認為這首作品難以理解，技巧要求嚴苛，近乎無法演奏。交談告一段落，我們專心聆聽，那音樂既混亂暴力，又神祕炫麗。

奧立佛的背後，透過一扇面北的大型單片固定窗，第八大道一路開展至極目所及。站在這裡，我曾經幾次嘗試抓住那一刻：第八大道上所有交通號誌連線轉爲紅燈，當汽車和計程車停下來亮起剎車燈，紅燈倍增，形成紅燈巨流。但這種情況可遇不可求，交通號誌燈顯然都有各自的時間節奏，奧立佛就從來沒有看過。因此，爲了我們兩個，我特別留意。終於：

「有了，有了，看到了嗎？」

他轉身，在曼哈頓的街上發現了一條火紅的銀河。

不過一眨眼，燈號開始變成了綠色。

打字機

我不知道要說些什麼
奧立佛說
所以他由著他的手指頭說出
必定是它們正在想著的事情：

這是我第一次打字！
錯字並非錯字
而是垂死語言的紀錄
Qwertyuiop
I t ud rrr jpe miy gos mp

;ry ud der how it goes mpw

思緒起起落落，天馬行空

仿效著他

★

我得好笨友比利打了新領結

他打出

2345670asdfghjkl;]xcvnm,.rqwert67890-=

那麼我是否該回去使用打字機？

我認爲，就哞方面來說，這很美

我認為，在謀方面來說，蔗很美

就某方面來說，這很美

這很美

這

——3-1-13

滑板公園

走路前往位於第二十二街西區公路外的滑板公園。我並不是像偶爾那樣，只是剛好散步到那裡；我直接往那裡走去，目標明確。我是被那裡的聲音和景象吸引去的——滑板手的俯衝、騰浮和飛翔；他們在場沿相互觀看時不由自主流露出來的急切；他們的儀式和無須言明的潛規則，以及他們帶給我的感受和心情。

「酷，對吧！」一個形貌邋遢的小夥子說。他注意到了，我一直在注意他們。他讀懂了我的心思，抑或是我的表情走漏了消息？

我點了點頭。「很酷。很迷人。」

公園四周金屬圍牆高聳，我一腳踩在為觀眾設置的圓形底座上，另一腳擱在混凝土承重牆上，兩手攀住圍牆，我們就在那兒聊開了。天氣好得不得了，大約攝氏七、八度，甚至十度也說不定，有太陽。「希望整個冬天都維持這樣。」另一個滑板手說。再幾日，公園就會因爲冬季而關閉。

「這些哥們其中有些人——**很棒的**，老兄。」小夥子扭過頭往回看著說。「**你**知道的，**你**都有看到。」

這小子個頭小，一百六十五公分左右吧，瘦巴巴的，到現在爲止，只溜過一兩回，比起其他人來，溜得不是那麼好。但從某方面來說，我倒挺高興是這樣；大家都容易有先入爲主的看法，認爲這些男孩一定都是高手。不過，靠西邊那道峽谷的挑戰性卻很高，落差陡峭，長達七公尺半，十分危險。居然沒有人戴頭盔或護墊，一個都沒有。

看得出來，今天這一群表現得特別好，水準比較高；感受得到一股認眞的拚勁。隨著體型和膽量的差異，每個人都有自己的風格。有個少年仔用雙臂加速，頗有點像盪鞦韆時用腳來加速一樣。另一個，有亞洲血統，動作特別優雅，翻騰有如矯龍。一個黑人少年，短小壯碩，穩若磐石。還有一個，儼然阿拉伯王子模樣，特別不同凡響，只見他順著場沿溜滑，然後俯衝進入峽谷，接著騰躍而起，手觸滑板前端，以後端著地，再次俯衝而下，凌空一翻，回衝而上，輕觸場沿——的確不同凡響。縱使矯如黑豹，也難以超越其動作之精確、細緻、優美——瀟灑進退，往返自如。喝采之聲不時響起，這是我從所未見的。這些男孩溜滑板爲的不是好玩、刺激；這中間不乏競爭，互別苗頭。

「誰最棒？」我問那小夥子。

「那邊那個？」他努努下巴，指向一個個頭較高，身穿方格法藍絨襯衫的黑人男孩。

「他很穩。流暢。」

「沒錯。」我同意他的看法。

「還有那個小傢伙？」

我知道他指的是哪一個，我之前看到過，的確還是個小孩，一頭草莓金的長髮。

「他有夠厲害，一飛就衝天啦。」

我的腦海裡浮現一幅景象：那孩子一飛，翻出了峽谷的牆外，消失在雲端。

「但後面那位老兄……」他努努下巴指向一個年歲稍大的白人，約三十出頭歲數，山羊鬍，而且口無遮攔——他上場前後都會批評別人差勁，不過他自己真的很行——驚人的迴旋和騰躍，沒有失誤，乾淨俐落。「那位老兄嗎？他夠**悍**。」他看來真的很悍，看來好像他一輩子不知摔過多少次，卻從不放棄。我雖然在圍牆外邊，對他還是有點忌憚（之前，他曾經晃過來這邊，指著圍牆頂端毀損而可以拉開來的地方給另一位仁兄看。「我們晚上就是從這裡進來的。」他說）。

這會兒，在圍牆上跟我聊天的小夥子也開始天花亂墜起來，突然間滿口我不熟悉的街頭俚語，大談自己如何騰躍，如何展現花式動作，說話時還抓著胯間。我還眞希望有個通譯在場。但就算有，問題也不在於他說的話，而在於他說話的**方式**，一副節目主持人的模樣，喋喋饒舌不休；很明顯地，那只是在表演。我不確定他是不是在對我賣弄風騷。我必須哈哈以對。

我問他溜滑板多久了。

「只有一年，一年半。通常上午八點就來了，就只是坐在那裡。」他指著峽谷另一頭的場沿。「空空的，一個人都沒有。等到終於有人來了，我就和他們混到一起，學些花樣。」他頓了一頓。「我自己沒有滑板。」

「那你怎麼溜呢？」

「朋友會借我，有的時候啦。」

他肯定口袋空空，我了解了。

「但我有這一塊。」他說，「別人的一塊舊板。」他一直都蹲在那上面，我卻沒有注意到，那是一塊沒有輪子的滑板；小小的技術板。只見他拿起來，在手上翻過來。那還眞是一場糊塗。兩頭都已經碎裂，顯然飽經風霜，不知碰撞過多少回。「我要弄些**手推車**（truck）[1]。讓自己有部**車子**（car）。」

手推車，之前我就弄懂了，就是輪子；至於滑板呢？那就是**車子**：男孩們的車子。這一來，我總算明白了，便問他怎樣才算得上是一塊好滑板。

他拿起板子，開始說明它的結構。「看到這裡了嗎？」他指著板子上微微下陷的地方，一個往下突出的部位，距離尾端大約十公分處。「你要讓板子彈起來的時候就要點這裡。」口氣認眞，語帶權威。「懂嗎？」

他顯然知道我根本沒搞懂他說在什麼。於是，只見他往板子上一站，改變身體的重心，然後一瞬間，用腳把板子從地面彈了起來。如此這般做了三、四回，一邊打量著我的表情，直到我弄懂了爲止。

接著，他又蹲回去，繼續上他的課。「那邊那個小小的弧度，表示那是板子的尾巴。」

「尾巴？」

「末端啦！那邊是板子的末端。所以說，這邊是前頭。」說著就把整個撞得破碎不堪的前端指給我看。

「前頭嗎？」我問。

他想了想。「好吧，前頭。」

我打斷了他的流程。「再來，板子是由不同的夾層壓合起來的。」他繼續說道，「看這裡，向下看著板子？」說著便將板子的橫斷面秀出來。「這一塊有……一、二、三、四……五……六，六層，看到了嗎？」

我看到了。

「但有的板子，上好的那種，有九層。那些都是他媽的重得要命的板子，就算是碰到一個塊頭真的很大的傢伙，也他媽的可以飛起來。但你知道的……」這時候，他把話題拉回到自己身上。「我是那種小號的，我的腳還真小。」說著把板子放回地上，站到上面。這樣一來，我的視線正好平視他的腳和板子。的確是一雙小腳，大概穿六號吧，體重秤起來應該不到六十公斤。「所以嘛，對我來說，這一塊正好，六層的板子，差不多二十三公分寬。還有，這裡的壓紋，看到沒有？」他講的是覆蓋在板面上類似砂紙的東西。「就是靠這個，你才能固定在板子上。」說著便示範給我看，踏上沒有輪子的板子，但見他站在峽谷邊緣，那裡是他夢想成爲的好手們正在俯衝和飛翔的地方。那一刻，他神情平靜，充滿信心。

「你就只差一些手推車了……」

「我會有一輛車子的。」他回答。彷彿我們已經達成了默契。

他拿起那塊破板子，微笑看著我說：「就這樣啦，滑板一〇一[2]課程，先生。就這樣。」

「非常謝謝你。」

「不客氣。」

他走開去。我繼續看。想起一個炎熱的八月午後，我帶奧立佛來過這裡。對他來說，那可是迢迢長路，但他著迷不已。「這可是一門有生命的幾何學，不是嗎？」奧立佛喃喃說道，對眼前的景象讚嘆不已。他想像若是古人看到了，不知會有多麼崇拜他們。這些男孩「在雙曲線的空間中畫出了一道道曲線」，用他們柔韌的軀體。「他們也許沒有讀過歐幾里得，但他們全都懂。」奧立佛說。

看來又有不少人摔了觔斗。大家都累了。但沒有人歇下來，大家都要和太陽一搏，盡全力加速，想要領先自己的影子。不消多久，冬天來了，他們就得封板，雪將佔滿紐約街道。

周邊有幾個女孩在看著。我理解這是怎麼一回事。這是一種求偶儀式，男孩向女孩炫耀自己，女孩若中意，便會帶他們上床。

有些小夥子，今天已經玩完了。摔跤是要付出代價的。手腕受傷需要調養護理的大有人在。一個小毛頭，一頭蓬鬆亂髮，跛著走上來，整個人癱倒在圍牆另一邊，離我站的地方不遠。他沒注意我，手臂上破了口在流血，大口大口喝著可可，拿出iPhone檢視訊息，掀起一條褲腿，揉著腳踝，點了一根菸。

最後，我決定回家。說巧不巧（還是有意的？）那個衣衫不整的小夥子也剛好從一個出口出來，和我走到一塊，板子挾在脇下。聊起這塊場子，我們都覺得好酷。「我傷了一隻腳趾和一隻手臂，但來到這裡就都忘了。」他說。

這會兒，疼痛發作，黑暗降臨。但之前呢？圍牆後面，男孩們在空中活得意氣風發。在那裡，無傷也無痛。

他問我去哪裡，我說回家。雖然不確定，但我再次覺得他可能想勾引我。就算是碰到街童推銷，我也不是第一次了。

中間，一陣子沉默，無言中帶著某種意味。接下去，他說的倒還眞是出乎我的意料：

「一塊錢買片披薩？」

足足愣了兩秒，我才理解自己錯了，不免為自己的中年自負感到好笑。我拿出皮夾。

「沒問題，當然，你為我上的課，這價錢合理。」

「酷啊，哈。我還為自己提出這個要求緊張得要死哩！」

這也會緊張？我心裡想。從那些水泥牆上俯衝下來又怎麼說？「沒問題的。你叫什麼名字？」

「方塊〔Cube〕。」

「方塊？真的？」

他笑了，被識破了。「克里斯。」

我問克里斯，幾歲了。

「二十二。」他說，又加上一句：「不管什麼事情我都是菜鳥。」聽起來像是前言不搭後語卻又像是有點關聯。「滑板菜鳥，紐約菜鳥，語言菜鳥。」

我聽進了心裡。

「你的名字，先生？」

「我叫比利。」

「還有呢？」

我取下整個下午都戴著的墨鏡。他直直地看著我。

「現在我看清楚你了。」他說，「比利，謝謝你，比利。」

「譯註」

1. truck 在滑板的用語中指輪架。
2. 滑板一〇一（Skateboarding 101），一種滑板指南。

小遊行隊伍

Notes from a Journal

隨筆日記

2012
11.15

往曼哈頓的地鐵上，見到一年輕女子，頭上一條山寨的路易威登頭巾，假睫毛長得足以叫長腿蚊嫉妒，再搭配上山寨的L．V．手提袋及陽傘，整個人十足就是一個布魯克林的莎莉．鮑爾斯1。一個年輕男子坐她旁邊，其英俊一如她的可愛，但她卻旁若無人，連正眼也不瞧，全神投入在一本平裝書上，書名好像是「**做個想法務實的人**」。

我有種衝動，想要將書從她手上扯下來。

「千萬不要！」我很想說。「務實並不能讓你如願以償。相信我──我是過來人！」

回顧以往，我所做的每個改變人生的決定，乍看之下，不是受到誤導、判斷錯誤，要不根本就是愚不可及──結果卻證明恰恰相反，包括看似所愛非人、花大錢遠遊、住自己實際上負擔不起的大房子。還有，說真的，除了是個不切實際生涯的個案研究外，追求寫作又是什麼呢？

2012
12.30

搭乘夜間航班前往雷克雅維克過除夕：
告別紐約，整座城市彷彿鑲著金絲線。
此刻，唯有雲和星辰，彷彿有讚美詩盈耳：
「**渴望奇蹟……**」碧玉唱著。

2013
01.01

晚餐，詩蓋兒、餅乾及茶，在我們投宿的小旅店。
養精蓄銳。下雪。
昨晚，在碧玉家吃年夜飯，宛如平安度過一場歡樂的戰火；她家對街，海灘上生起巨大篝火，人們圍繞唱歌；家家戶戶煙火四射，整夜不息，紛亂璀燦；午夜，鎮上廣場施放煙火，火樹銀花狂亂齊飛，將歡樂推到極致。

整個天空彷彿群星飛射。

當教堂鐘鳴，朗朗一十二響。

當落雪紛紛，疑是白雲為氈。

眾人相擁親吻。

一瓶瓶香檳和黑死酒布萊尼紋（Brennivin），冰島烈酒——清冽勁醇。

新年伊始。

2013
01.13

回家一個星期，調適中，真希望自己仍在冰島未歸。那兒，日子過得舒緩，適合我……適合我們。

那兒，人們連游泳都舒緩，腳不踢，水不濺，全然不似紐約的泳客，儼然一副在訓練鐵人三項的模樣。

搭乘螺旋槳小飛機，從雷克雅維克北上阿庫瑞里（Akureyri）。下午三點，天色已暗，我們直接前往社區泳池。幾趟游下來，站到淺水區，我見到一幕景象，令人難以思議：緊鄰的訓練泳池正有一個游泳隊在練習，泳者伸臂前後划動——人數應在一打左右——我的視線與泳池地面平行，但見眾多手臂揮動，優美，流暢，抬起，畫出弧形，落下，有如十二座時鐘的指針，節拍稍有錯落，猶如分別指向微微相異的時區。

2013
01.23

午後九點四十，攝氏零下八度；夜色如此清朗，曼哈頓可見星星。暖氣格格作響。

第八大道上，一輛輛汽車輾過路上一塊金屬板子，反覆傳來咖啷異響，我想像自己是那塊板子：感覺每一次撞擊，哀嘆自己的命運，承受一切……

走到窗口，望著下面的舞蹈：

每個人的每一步好像都各有目標，從而組成一個更大的目標，自成節奏，推動我們向前，推動人生向前；那絕非隨便亂走，信步而行。這是一支人行道之舞。

一老人，改變步伐，突然快跑過街。

一女孩，發狂急奔。

一婦人，端坐輪椅，穩穩前行。

而與此同時，咖啷、咖啷、咖啷。

〔譯註〕

1. 莎莉・鮑爾斯（Sally Bowles）原為英國作家克里斯多福・伊薛伍德（Christopher Isherwood）一部短篇小說的主人翁，酒店駐唱歌手。此短篇後收入於其長篇《再見，柏林》（Goodbye to Berlin），成為其中一個單元。

認得路的女子

有一次，在一場活動當中碰到一個年輕女子，她爲了方向的事情差一點跟一個男的吵了起來。

她走過來，劈頭就說：「爲了方向的事情我差一點就跟那傢伙吵起來。」只見她眼光掃向人行道，怒氣未消。一頭金色長髮，戴一頂報僮帽。她姓啥名誰我不知道，我們不認識。她講話甚至不是對著我來的。她是跟那位正和我講話的年輕女子說的。而後者，我也不認識。當時，我站窗邊的角落，屋裡非常擁擠；先和我說話的女子問我，我跟活動的主辦人熟不熟。

「根本不認識。」我實話實說。我告訴她，我只是喜歡這家店，喜歡這裡的服裝，我住這附近。

但只有最後那句才是眞話。實際上，我是剛好出來散步，沿路看看家家戶戶和太平梯上的聖誕燈飾。那時夜色清朗，寒冷，十點左右，我走到派里街和西十一街路口碰到了這家店。這是一家衝浪用品店，從大塊的玻璃窗可以看到裡面的衝浪板，一目了然。店小人卻多，很明顯是在舉辦假日活動，活動都溢出來到了人行道上，給人溫暖和歡迎的感覺。**有何不可呢**？我心裡想。便打開門，信步而入。

我直接走向吧檯，一副老馬識途的模樣。接過飲料，一杯潘曲酒，甜而烈。五份的蘭姆加上別的什麼調出來的：很棒。參加活動的人，個個都裝扮得美到不行，女的男的都一樣，令人不免懷疑，這應該是受邀的條件。我一路穿過人群，繞了一圈，退到角落，作壁上觀。就這時候，第一個女子過來聊起來。但她對我喜歡這家店和服裝的答案顯然不滿意。「你不衝浪？」

我本來想扯個謊，說什麼「啊，偶爾啦」或「以前經常，現在戒了……」之類的。她有可能就信了。不然就跟她聊聊我住過的加州。但那一刻，又怕自己扯的謊搞不好會穿幫。所以我說喜歡那些服裝——他們也賣T恤、運動衫和其他商品。她啜一口飲料，說：「你眞的不衝浪？」

也就是那時候，金髮報僮帽女過來了。兩個人嗨了一聲，彷彿互相認識，然後就說了差一點跟人吵起來的事。

由於太吵，我沒聽完全，便問她是否眞的爲了方向而跟人爭辯。她點了點頭，彷彿再平常不過。「我眞是受夠了。我們聊得好好的，然後他朝那個方向點點頭」——手指著東北方——「說他要去東村參加一個派對，就是隨便點了點頭那樣。你知道的？」

我點點頭。

「接著我就說：『那邊不是東村。如果走那方向，就只會跑到第六街和第十二街那些地方。』對吧？」這會兒，她衝著我們說。

朝她指的方向，另一個女子和我望向窗外，異口同聲說：「對，沒錯。」

「『那邊**不是**東村啦。』他看著我，比一個不屑的手勢，好像在說，我一個女孩子，根本不知道自己在說什麼。他拿出手機，去他的爛手機，說手機告訴他那邊才是東村。我眞是受夠了。我是說，我在這裡住了五年了……」

「我知道妳的意思，」我插嘴，「妳在這裡闖蕩了五年。妳有資格告訴人家哪個方向才對。才不需要什麼手機來告訴妳方向。」

「沒錯。東村怎麼走我**清楚**得很，那樣是到不了的。我才不在乎你的爛手機怎麼說的。」她嘆口氣，灌了好大一口果汁酒。「我只好走開，不然眞會揍他一頓。」突然間，蘭姆潘曲酒的勁道衝上了來，從她臉上的表情看得出來。「哇，這飲料還眞夠嗆的。」

另一個女子和我都表示同意。之前喝過兩口，我們已經領教到了；很快就暈陶陶的。然後，金髮報僮帽女瞪著我，一臉困惑，彷彿突然間才想到自己一直在跟一個不認識的人講話。「你的大名是？」

「我是比利。」

「我叫麗姿。」

「我一向佩服有方向感的人。」

她點點頭，微微一笑。我們無話可說，枯站了一會兒。屋子裡面確實吵。另一個女子看著擁擠的人群，盤算著接下來要去哪裡，顯然不想站在這裡跟兩個人談論方向感的重要性，何況其中一個還老得足夠當她爸爸。我自不會強人所難。

麗姿問我怎麼會認識主辦活動的人。

我把說給她朋友聽的話再說了一遍：我喜歡這家店，我住這附近。

「他不衝浪。」另一個插進來。

我只差沒踢她一腳。我本來想說：**曼哈頓開衝浪店**？**玩真的**？還不是要給那些玩咖預備一個把正妹的場子。

麗姿問我住哪裡，我如實回答，她問我是否受到珊蒂颶風的影響。我說，沒電、沒水、沒燈。她說她的情況也如此，但言下不僅不見絲毫抱怨，還好像對暴風頗有幾分好感。我不是說她喜歡暴風，應該這麼說吧：她喜歡暴風帶來的情境。

另一個女子望著她的臉，一副不理解我們在講什麼的神情。

「我是說，我眞的滿高興。沒電沒水沒暖氣過上幾天而已？那讓我感受到許許多多人每天面臨的處境。該死的，每一天耶！」她停下來啜了一口。「那一切改變了我。眞的。改變了我。」

這時候，我們後邊的窗戶全都起了霧，裡面太暖，外頭太冷。突然，她踏上長條軟座，以指代筆，在起霧的玻璃上用花體字寫下：Love Liz。

她寫得很慢很用心；那大寫的L寫得再精緻不過——非常繁複，很誇張的曲線，很像是小女孩在日記上練習親筆簽名才會做的那樣。

當她站在那兒時，我的腦筋裡卻想著，自己怎麼就這麼晃來了這裡，無緣無故，不請自來，不過也不覺得不受到歡迎就是了，到頭來還和這個挺有自己想法又寫得一手好得不可思議的好字的女子結上了緣。我心裡想著，這年頭，就算別人指點了正確的方向，只怕也沒有幾個人會看重，大家都只相信自己的手機，至於眞正寫得一手好字的，恐怕也沒幾個了，這方面的事不再受到重視，因爲大家都用電子郵件及簡訊聯絡，很少寫信或明信片，或在起霧的窗戶上書寫。

我跟她說，字很美。透過她的字，可以看到城市閃爍的光。

麗姿從軟座上下來，我讓她幫我拿著飲料，自己站上去，一樣以指代筆，在起霧的玻璃上她的名字後面加上我的簽名：& Billy。

拿回我的杯子。「乾杯，」我說，於是三個人舉杯互敬。「祝大家都認得路，認得紐約。」

麗姿一仰脖子乾掉，塑膠杯裡的冰塊落入口裡，舔舔嘴唇說，她要走了。

問她去哪。

「東村那個派對。」

她說我也應該去，但我謝謝她，不了，今晚不行。
看著她出去，只見她經過人行道上那個男的時跟他講了些什麼。我想像得到。
出了門，我走向另一條路。

CRUSH
Newport
MERIT
blu
BAZZINI
Tiger-X
SNICKERS
eclipse
ICE

山姆與他的報攤

Notes from a Journal

隨筆日記

2013
02.06

下班後，北上一六八街一節擁擠的車廂。我戴著 iPod，注意到附近一位年長婦女對我打手勢還說著話。取下耳機。「不好意思，有事？」

「你要坐我位子嗎？」

我婉拒了，問她為什麼讓位。

「你看起來很累。」

多悲慘啊？

2013
02.09
11:15 P.M.

「希望晚上好好睡一覺，然後文思泉湧，如同今天上午那樣。」奧立佛說。「那情形真是妙不可言——思緒有如潮水般浮現，彷彿一直在那兒等待著我意識到它們……」

協助他準備就寢——為他「除襪」，裝滿水瓶，備妥安眠藥，確定他有東西可讀。

我：「還有什麼我可以為你做的嗎？」

奧立佛：「活著。」

2013
02.10

〈謝謝你，雪〉

謝謝你，雪。奧立佛說
頗有奧登感謝霧的餘韻
使我們留在屋內
第八大道上雪車低吼

一男子相機對著天空
想要捕捉暴風雪
街燈在雙層玻璃窗中變成了三柱
單車送貨員演著默劇
更顯沉寂

我們吃海鱸魚和蘋果
然後沐浴
我先，他後
共用洗澡水
攝氏四十度
飲布萊尼紋酒
到床邊大開的窗戶前降溫
最後一次嚐雪的滋味是什麼時候的事了？我說

遂從窗台上劏起一掌

2013
02.17

一顆流星墜落地球，電視新聞報導。這事提醒我們，當家的不是我們。

我們住在一個太陽系裡。

我全身裹得暖暖的，上到我們住的大樓屋頂。

氣溫天殺的凍死人——風寒效應讓溫度低於零度。

我細細一數，月亮半枚，星星百顆。

帝國大廈，浴在紅、白、藍光之中，克萊斯勒大廈，一襲米白裙襯，半隱群樓之後，彷彿在竊竊問候。

我可以想像流星為何脫離軌道墜落地球。單是這裡的亮光就充滿了吸引力。

第八大道正妹

搭載超級名模

與奧立佛到美國愛爾蘭人歷史學會（Irish-American Historical Society）去聽一場小型室內樂音樂會，地點在大都會博物館正對面一棟大樓的一間精緻小廳。奧立佛熟識音樂會的主辦人，愛爾蘭紳士凱文。演出者都是茱麗亞音樂學院學生，大家都熟，沒有虛禮，免費入座。折疊椅上的人爲數不多，四十個左右。凱文爲奧立佛和我在第一排保留了位子。就在他做介紹時，一婦人獨自闖了進來，一屁股在我們旁邊玫瑰色的沙發上坐了下來：勞倫・赫頓（Lauren Hutton），七〇年代的模特兒；她那露出寬闊牙縫的笑容和輕微的鬥雞眼，我一眼就認**了出來；如今雖已六十好幾，美麗依舊，臉上的皺紋相當自然。還有，大家都注意到了，她一隻眼睛有大塊瘀青**。

音樂會沒有再受其他耽擱，順利開始，衆人安坐，欣賞醉人的音樂——布拉姆斯、海頓、拉威爾。心念一轉，我突然有個想法，覺得一個人縱使耳聾，仍然可以「聽到」每一個音符，因爲演奏者的表情何其生動啊——隨著音樂而變化，彼此眼神微妙互動，他們以樂器創造的色彩和音調在他們的表情上流露無遺。眼睛或圓睜，或瞇成一線，微笑，噘嘴，脖子伸長，彷彿推動音樂向前。回顧往事，我就發現過去六年來音樂對自己的療癒何等神奇，爲此曾經寫下這樣的句子：美**是悲傷的良藥**。

隨著最後音符的歇止，勞倫・赫頓一躍而起，率先起立爲三重奏的樂手喝采：「你們有沒有粉絲團？」叫聲高亢，凌越掌聲，引起小小騷動，有點像是有人在教堂中喊叫。「我是你們的粉絲了。你們眞棒，前途無量！」

樂手受寵若驚，鞠躬離場。

散場後，一場小茶會。沒什麼排場——兩瓶聖沛黎諾[1]，兩瓶紅酒——但沒有開瓶器。奧立佛和我正與凱文聊著，勞倫・赫頓拿著一瓶聖沛黎諾走過來。「好心的先生們，哪一位有開瓶器呀？一把刀子也行，只要一把小刀我就可以撬開。」

「爲什麼不用妳的牙？」我對她說。

她笑起來，露出她那有名的寬牙縫。「是可以。是可以來上一次的，但是……」說著她走了開去。不管怎麼說，瓶子打開了。她轉回來爲大家倒水，聽到奧立佛跟凱文正談著他的新書《幻覺》，再兩個星期就要問世。隔著桌子，勞倫用心聽著。

「欸，醫師，你有用過顛茄嗎？」她問。「現在可是一種藥了！」

「啊，事實上，確實有過。」說著便一路和她聊起他用顛茄所引起的幻覺，兩個人交換著各自的經驗。最後，她總算弄懂了，這並不是他的第一本書。

「難道你……你就是奧立佛・薩克斯？**那個**奧立佛・薩克斯？」

奧立佛看起來既驚且喜。

「啊，眞開心認識你，老爺子。」口氣儼然一九五〇年代西部的南方酒吧女侍。但那可不是在演戲。「我老早就在讀你的書了。奧立佛・薩克斯。不可思議！」

這裡，我要說明一下，奧立佛對她這個人絕對一無所知，就算我把他拉到一旁告訴他，他也照樣弄不懂。時尚？Vogue雜誌？完全沒有概念……

但這兩人一見如故。她這個婆娘，口不擇言、生冷不忌、自以爲是；奧立佛則正好相反，只除了一樣共通點，同樣擁有一種神祕的特質：魅力。

一路聊下來，她順便說明了那塊瘀青：早幾天，她開完一個業務會議後走出來，會中發現她三分之一辛苦賺來的家當「被搶走了」，走著走著，一時失神，撞到人行道上一根眉毛高度的鷹架柱子。但她看來卻也不甚在意：狗屁倒灶的事難免。

我四下裡一瞧，這才發現屋子裡人都走光了，只剩下凱文和我們。

「好了，先生們，我要到市中心去，一起叫輛車？」

「啊，我有車。」我說。

「那更好。方便多了。我到市中心。」

有誰拒絕得了呢？「那就走吧？」我說。

勞倫・赫頓扶著奧立佛，慢慢走到停車場。我把後座清出來，她將手提包丟進去，人跟著鑽了進去，立刻把腦袋塞到了我們的座位中間，三個人眞的就那樣耳貼著耳坐著，那張美好的臉正好遮住了我的照後鏡視線。奧立佛從皮夾裡拿出信用卡給我繳停車費，她瞄到了他帶的居然不是駕照而是一張元素週期表。這一來，引出了一連串的問題，有元素週期表的，有元素的，有我們呼吸的空氣的成分的，一堆問題又引出更多問題，有如一個好學不倦的學生。我們談旅行——冰島、非洲——以及柏拉圖、蘇格拉底、矮人族、威廉・柏洛茲[2]、詩人……她顯然充滿好奇心、熱愛生命和冒險。談到過去，她說，做一個模特兒，「唯一的理由就是可以讓我賺到足夠的錢去旅行」，但這方面的經歷她卻又避而不談。

在紐約，我最不會找路，她倒是毫不猶豫地告訴我該往哪裡開又該怎麼走——「這裡左轉，那裡右轉……」車很多，所以很費了一些功夫才到市中心。終於，我們到了她要到的地方，或者就在附近。

「真好，先生們，今晚真是愉快。不知道該怎麼謝你們才好。我在這裡下車，再見、幸會。」風一般離去，一如她出現時。

奧立佛深深吸一口氣，我們往西，打道回府。「她是何許人，我不知道，但看來是個人物。」

譯註

1. 聖沛黎洛（San Pellegrino），義大利品牌礦泉水。
2. 威廉・柏洛茲（William Burroughs, 1914-1997），美國小說家、散文家、社會評論家及說書人，被認為是二十世紀最會挖苦政治、最具文化影響力及最具創新能力的藝術家之一。

Notes from a Journal

隨筆日記

2013
03.21

奧立佛在寫信，一面聽著WQXR電台的巴哈節——「我就是放不下。」他說，頭埋在我的肚子上，我輕搔他的頸子。他訴說著他的睡眠、他的夢（全都「糊成一團」），以及一篇《科學》雜誌上的文章，談的是披肩松雞一頭雜毛的基因變異。「**真想**去上一堂基因學的速成課。」奧立佛說。

2013
03.--

地鐵2線，往布魯克林，一個年輕黑人女子擠了上來，體型壯碩，在靠門的長椅盡頭落座。

看來是下班回家。戴著iPod，閉著眼睛——從鬆弛的臉部看來，顯然睡著了。胸口抱一個皮包，綴飾珠寶，沉甸甸的。

她旁邊，一個年輕白人女子，乾巴瘦小——東歐人？腳邊一輛幼兒推車，裡面一個小男孩。母親閉著眼睛。小男孩大約兩歲，不斷動著，似是剛剛小睡醒來，吃了些糖。他眼睛瞧著女子的皮包，頗有幾分想要拍打的意思，拍打那令他眼花撩亂的東西——那色彩，那亮晶晶的萊茵石。孩子也許只是要引那女子注意，隨便誰注意都好。女子覺得有東西在手上，輕輕揮開，眼睛仍然閉著，彷彿在趕走蒼蠅。

小男孩的興頭來了。他開始對著她的手拍回去。年輕黑人女子睜開一眼，要看看到底什麼東西在作怪。她所看到的——我心想——是隻小手，便推開。卻見他又推回去。這時他笑了。這一來，她兩眼微睜，初時還有點不耐，接著，卻忍不住笑意，露出促狹的微笑，好像在說：「小頑皮，這下逮到你了！」但仍然帶著睡意。她輕輕拂開他的小手，他卻咯咯笑出聲來，還想再玩。最後，她畢竟失去了耐性，調整一下皮包，閉上眼睛。小男孩轉移目標，開始去拉扯母親，只見她微微一笑，充滿慈愛。

2013
03.26

我們做晚餐——烘烤大比目魚、米飯、沙拉——電台播放著巴哈，音量大開，每個房間都聽得到。奧立佛心情極好，忙著打下手，切青菜，洗米，建議比目魚該用檸檬或是酸橙，一時興起，便跑過來抱抱我，要我幫他搔背，然後坐他位子上，讀厚厚一疊的舊文章，都是他多年來寫的序言，眼睛就著放大鏡，大聲唸給我聽，不時停下來，品味著音樂。

「如果有個行星，落雨，聲音有如巴哈，那該有多好？」他說。

「有的，巴哈星。」我回答。

他笑起來，「是的。」他喃喃自語，心，嚮往之，耳，聆聽之。

稍後，我們臥躺椅上，兩人雙腿相疊，聽一曲巴哈，彷彿沒有止盡。樂曲行行復行行，樂曲中間暫停，誠如奧立佛所言：「令人屏息的寂靜。」我們以為要結束了，等著主持人插話進來說明作品名稱。兩人都不太確定。結果，音樂繼續。令人不禁懷疑樂曲永無終止，重新回到了地球人間。奧立佛闔上了眼睛。

終於，晚上九點，樂曲結束，我們才知道曲名：〈音樂的奉獻〉，巴哈最後作品之一，獻給斐特列二世。他要我拿《牛津音樂寶典》（*Oxford Companion to Music*）來查。我連同老花眼鏡及放大鏡一併交給他，然後，他打電話給助理，留言道：

「海莉，不知妳是否可以訂購一張CD，一首美妙無比的巴哈……」

他說話時我注意他的表情。他看來如此平靜，喜悅……**在一個行星上，落雨，聲音有如巴哈……**

2013
03.30

有種難以形容的煩倦。倒不是因為太吵。而是我渴望平靜——我自己的那種平靜：滑板進城及第八大道上車子輾壓金屬板子的聲音。別無所求。甚至連收音機都是多餘。

2013
04.30

隨興的印象和思緒：

奥立佛不耐煩地在洗碗槽裡對付盤子：「真希望盤子會神奇地自動清洗乾淨……」

一整天整理奥立佛作品的報導及事蹟，他會多次打開小罐子，先給我一塊薄荷糖，然後給自己一塊。

我們初識時，他完全不知道（或根本沒有想過）如何和別人分享。畢竟，在那之前，他從來不曾與人分享過自己的人生。

有一陣子，我心情低落泡個長澡時，他便拿一塊吐司外加一片起司給我。等我轉到床上，他又送來一塊。

我聽到他的腳在地毯上來回拖行走動，那聲音，何等令我歡喜。

阿里的菸草店

訂閱了三十年的《紐約客》突然停掉了，純粹出於自己的疏忽。從此以後，每個星期都到住家街角的菸草店買一份。

這樣根本不划算。只要重新訂閱一整年，我可以省下零售價格的百分之七十三，訂閱兩年省得更多。但我發現，我喜歡一星期六塊九毛九帶給我的好處。這一切都是託阿里的福，菸草店的店長。

和阿里以前就認識，我偶爾會在深夜到店裡，買一支哈根達斯香草雪糕，順便要一盒火柴。

索求火柴這件事很要緊。一次他告訴我，有一個顧客手伸過櫃台，從收銀機旁邊的盒子裡擅自拿了一盒火柴。

「『不行，不可以這樣。』我對他說。」阿里回憶說，依然氣呼呼的。「『這是不對的，你不可以未經許可就這樣伸過來。你若跟我要，我會給你。』」他停下來，看著我。

「不是每個人都有的。」

阿里的火柴，看起來沒什麼特別，就一般的白色，上面印著「謝謝」。

我作勢要伸手越過櫃台，故意逗他玩。只見他豎起一根指頭警告，擺出一副嚴正的臉色，然後從盒子裡挑了一盒謝謝火柴，動作有如下棋。

「給你！走吧，帶著你的火柴和冰淇淋。」

「感謝，阿里，感謝。」

「不客氣。」

★

還有一件事，也是在阿里的店裡閒晃時學到的：這裡沒得討價還價。這似乎很明顯，但實際上卻不，只是並非每個人都看得出來。上個星期五晚上，我去買《紐約客》，正翻閱中，見一個身材挺拔的年輕人正在跟阿里為單隻雪茄的價錢在討價還價，單支雪茄、盒裝香菸這裡都有販售。

只見他在口袋裡掏呀掏的，摸出幾個硬幣撒在櫃台上。「乾脆點啦，老兄！」可以想像得到，他犯了阿里的大忌。阿里把那年輕人打發上路。

「怎麼，他們還以為我講話帶口音就會跟他們妥協？」他自顧自地說著，話聲顯得義憤填膺。然後他笑出聲來。我也笑了。

這家店，說是叫做菸草店，但挑明說吧，它是一家吸毒用品專賣店。架子上，數百支煙斗及水煙袋。還有捲菸紙、酒類、保險套、潤滑油、偽裝成芳香劑的助興吸入劑、樂透彩券、垃圾食物，一應俱全。這地方充滿邪惡，弔詭的是，卻也是個邪惡止步的地帶。以前我幾乎不碰洋芋片，但自從到這裡來買《紐約客》以後，一切都變了。這一次，我買了一包鹹醋口味的——管他去死。

「八塊，」他說，「八塊，我的朋友。」

我從皮夾抽出鈔票，同時，腦子裡面也在算。突然間，我心裡有數了。「永遠都是整數，對不對？八塊，而不是七塊九毛八，或者是三塊，而不是二塊九毛五含稅，或其他什麼的？」

阿里笑了。「我湊個整數。省得找零；這樣滿好。」

珊蒂颶風期間，阿里照常營業，不受影響，一如週末要應付那些神經病，他沒什麼怕的。沒電、沒燈、沒水的第二個夜晚，我和奧立佛進到店裡，櫃檯上點著幾根蠟燭，像個祭壇；阿里看來彷佛祭師模樣。昏暗中，誰又會知道各種各樣的情趣用品這裡都可以買得到：同性戀的，非同性戀的，介於兩者間的一切，皆毫無尺度可言。

我們買了水和手電筒，聊了一會兒。他對我們說，如果還需要更多水，可以在什麼時候過來，他有一些門路可以取得瓶裝水。

走出黑暗、什麼也不能做的公寓，接上之前的生活日常，感覺眞好。接著，我們踏入隔壁酒館，燭光中，要了一杯溫溫的啤酒，與鄰家酒客舉杯祝酒。「敬逃過了珊蒂，敬紐約人。」

即便是一般情況下，也不會在這裡遇見阿里——例如，夜色將盡時來上一杯。事實上，店裡賣的任何東西他一向不沾。

「我不碰任何東西，」他跟我說過。「我不做任何這些事情。我喝雪碧。我回我皇后區的家與家人一起。」

即便如此，別人做什麼他從不置一詞，就算有什麼意見，也都擺出一張面無表情的撲克臉。某些客人需要一些小小東西來轉移心思，來減輕壓力，需要賭一賭運氣，搞不好就可以贏一大筆樂透彩，然後離開這個鬼地方，依我看，他很能理解這些。

在紐約住得夠久，我知道有人討厭這個城市：擁擠、吵雜、交通、開銷、租金；髒兮兮的人行道，以及坑坑疤疤的道路，外加用令你心碎的女孩命名，帶走一切的颶風。

要喜歡這裡的生活，需要某種無條件的愛。但紐約不會辜負你，總會適時給你一些難忘的邂逅。千萬記住了：要先請求，不要擅取，要合情理，要說**請**和**謝謝**，**謝謝**不離口——即便當下一無所得。但遲早會的。

婦人，不如意的一天

Notes from a Journal

隨筆日記

2013
06.02

今晚去阿里的菸草店。很久沒看到他了，兩個月左右。「啊，我的朋友，」他立刻帶著一張笑臉歡迎我。

我說我離開了一陣子，他馬上打斷我。「我也是——一、二、三、四……」他扳著指頭在算，「十二天，我去了巴基斯坦，回家。看家人：很長一段時間之後第一次回去：上一次回去是結婚那時：十九年前了，已經。」

我說，那一定很圓滿。「帶著家人？你的孩子？」

「沒，沒，就我而已。我讓我兄弟嚇了一大跳。」接著便詳細告訴我他怎麼做的細節，比計畫的時間提早四天。他談起每一趟班機，每次轉機停留多久時間，滯留在哪裡，直到最後一刻，他踏出一扇後門，把他的兄弟嚇了一大跳。「他差一點跌到地上。」他其他三個弟兄和妹妹都在現場。跟我談起這些時，阿里開心地笑了。我也是。令我感動的是：他跟我談他的手足，而不是父母，或他自己的妻子及孩子，那種手足之間特有的情感。我懂。

阿里和我聊著時，一個高大結實的黑人來到店裡買樂透彩券，研究樂透號碼時聽到了我們的聊天。「那不算什麼，」他忍不住插口說，「我是十五個中間的一個，十五個！」然後又說，把聲音放低，「我老爹控制不住自己，老是到外面亂搞，可能還有更多我不知道的孩子——海地，你們知道的。」

阿里插進來：「第三世界國家就是這樣：沒有電視，沒有電影，沒有電玩……沒事可幹，所以就生孩子。」

那黑人笑起來：「沒錯，唯一可做的事就是打炮。」

他弄好了樂透，跟我們說再見，並扶著打開的門，讓一個彎腰弓背的矮小老人進來。他的腰椎彎得有如手肘一般。老人將手杖倚著櫃台。「回來了呀。」他對阿里說，抬眼掃向一旁。

「沒錯，」阿里說，「回來才能賺到你的錢呀。」

那人微微一笑。

阿里轉身伸手取了一包紅萬寶路。

NO
Date

第十四街，一年輕男子兜售精選集唱片，再尋常不過的景象；通常我都擦身而過，但今天晚上，基於某種理由，我停了下來。「我要一張。」從皮夾抽出一張五元鈔票。

「我可以給你優惠，先生。」年輕人提議，過度客氣。「那邊二十元的，算你十元就行。」

我笑起來。「你可以，真的？算了。不用啦，我只有五元。」我把鈔票給他並問道：「可以給你拍照嗎？」

「拍我？好呀。」

我拍了他。

他遞給我他的CD，直直地盯著我。「你真的想要？」

「不，」我答道，「並不。」

我退還給他。

「謝謝你，先生。」

2013
07.04

一個迷人的七月四日。

在屋頂上觀看煙火，景色與氣氛都無比美妙：許多鄰居——老的少的——以及後面的市容。落日壯麗，天空轉為薄荷綠，河水一脈銀藍，加上哈德遜河上的船隻。微風吹拂，空氣中充滿歡樂——你可以感覺得到，這不只是因為奧立佛和我在屋裡嗑了藥。每個人都感受得到，都讚不絕口，景色真美。

奧立佛緊緊扶著女兒牆，邊看邊聊著腦海裡升起的思緒；彷佛口述歷史個案一般，清楚而細膩地描述著心靈之眼所見到的「額外」意象——由於視覺受損而換來的「禮物」：那個三角公園看似突伸出屋頂圍欄；當他望向天際，看到的是視網膜「雪花」；由於眼睛失明，視野突然阻斷，天空看起來有如「不規則形狀的硬紙板形成的斜方肌[1]」。過不久，他看到了幻象：

綠色天空上層層疊疊著文字與文章的片段，有如一份標題讀不懂的報紙，此外還有其他的：「一棟六邊形的建築，下層有精緻的哥德式建築花窗格；一個有如巨人的我自己，有著一根巨大陰莖；暗紅與紫色的圖案……」他停下來，沉浸在自己幻象中，然後興致勃勃宣布：「原生皮層！原生皮層的天賦！」

旁邊的人聽到了嗎？有可能。他那樣興高采烈的叫喊，我忍不住笑起來。

我一邊開心聽著，一邊沉醉於整個氣氛散發出來的美，「美的襲擊」，如同奧立佛對於一次落日的形容。我想到兩件事：其一，他的腦袋裡到底有多少東西，奧立佛太淵博了；其二，我們兩個實在大異其趣，川流於我腦袋裡的不是一條思想與意象之河，而是一條情感與情緒之河。我可以融入周遭的情境——我們身後一群年輕孩子的活力，我們旁邊一對年老夫婦的爭辯，以及我自己複雜的情緒。在知識方面，我所懂的或許遠不如奧立佛，我沒有他那樣的才智，但我的感受力強，非常強，這一方面我影響他，一如他在知識上影響我。我們就像兩條狗，彼此沾染對方氣息。

2013
07.25

在萊茵貝克2

奧立佛：「我要寫一篇文章，談我從未寫過的書，然後我們去游泳。」

說著便坐到桌前，桌上鋪一塊黃色墊子，拿起他的自來水筆，開始工作，我則到正廳去。

四個小時之後：

大雨如注，鋪天蓋地的雨聲之外別無其他聲響，不一會兒，走廊傳來紗門的開闔聲及腳步聲。是奧立佛，他從偏屋過來，身著泳裝，一手持杖，一手拿傘，滿臉笑意。「我的文章，寫好了！」

脫掉短褲及內褲，我光著屁股，奧立佛穿著泳裝，兩人穿過傾盆大雨走到泳池去。我們在雨中游泳，池面有如波濤翻滾的大海。

「美妙無比。」我說。

「沒錯！過癮！」奧立佛說。

2013
08.01

今早，奧立佛顯得極為虛弱，幾乎風吹欲倒。隔著房間，我遠遠就感覺得到，也一眼就看出來。他說，醒來頭很重，覺得噁心。人挨在我胸口，要我幫他放滿洗澡水。

〈虛弱〉

還不算是失能
尚不至於
還不到心裡想做
卻無法自主的地步
但每走一步都要存著那樣的想法
以免下一步
就把人給帶走
警覺是最佳的防備

對抗虛弱之逼近
曾幾何時那樣簡單的事情
踏出浴缸
竟需要更高等的數學
需要事先思考
先進的生物力學知識
但事情也可以是這樣
感官的知覺
準確調到肉體愉悅的頻道
泡個澡
其美
其美
無與倫比

2013
10.16

我在泡澡，奧立佛坐在馬桶上，聊著他正在構思的寫作——有關他自己的短文，或許用在回憶錄上。他帶來兩個枕頭和一個極大的紅蘋果，人坐在枕頭上，嘴巴大張，咬一大口蘋果。看著他咀嚼了好一陣子，等他停下來。「咬一口給我。」我說。他照做了，吐出蘋果放到我口中。我們繼續聊。我又多放了些熱水。他每咬一口，也給我一口。

沉默好一陣子，奧立佛沒由來地說：「在地球這個星球上和你在一起，真好。如果不是這樣，那定要寂寞許多。」

我拉住他的手，握著。

「我也是（I, too）。」我說。

2013
12.09

舊金山小住：美麗，潔淨，不擁擠——以及它的小——相較於紐約，可說是大異其趣。

星期一晚上，前往舊居（如今由一個朋友的朋友名叫克里斯蒂安的居住，只不過我還有東西存放那兒），多年未曾造訪了。興起一陣奇異感覺，熟習混雜著忘失，很有點似曾相識的味道。一邊和克里斯蒂安聊著，我放輕腳步，走過一個又一個房間，在回憶中搜尋這裡的點點滴滴——史蒂夫和我在這裡的生活——和那些我匆忙搬去紐約留下來的物件及家具相認：**啊，那是我們的桌子、我們的餐桌；那是我們的檯燈——在Ikea買的；還有，牆上，是我拍的照片。**

「那張照片是我拍的。」聲音之大，連自己都嚇了一跳。

克里斯蒂安點了點頭，彷彿他比我知道得還清楚。

「還有，這張躺椅，**也是**我的。」我可沒有要收回的意思。只不過是相認而已。

克里斯蒂安打開壁櫥，好多的書！全都是我的（還是我的嗎？），還有那些——科幻小說——都是史蒂夫的。心裡有個聲音響起，叫我關上門，但又有另一股力量推著我繼續看下去。來到門邊的另一個櫥櫃；真是可怕，裡面一片雜亂，堆滿著盒子和文檔。多少生活，多少歲月，全都堆擠在那兒，而門關著。

去到臥室。整潔，空空的，就一張床——又來了：「這床是我的。」（還是我的嗎？）一張好床，他去世後一年我為自己買的，一時間，我竟然起了要擁有它的心思，想著怎麼把它弄到紐約去，同一時間，卻又感到驚訝——驚訝不已——我居然把它丟在這裡，就這樣丟下不管。彷彿自己犯了罪，逃之夭夭。我還真是這樣想的。

後來，我感到後悔（不該說些有的沒的），但當時卻連想都沒想，情不自禁就跟克里斯蒂安講起史蒂夫的死，就死在那個房間。克里斯蒂安為人親切、彬彬有禮，一臉和氣。摩門教徒。非常年輕。金髮，高大，英俊瀟灑。我進屋裡時，他正喝著牛奶。這下子他可能要做惡夢了。他跟我簡直南轅北轍，然而在這兒一住至今，不知怎地，也過著以前我過的那樣生活。我搬進來的時候也是他這年紀？不記得了。

我看著正廳壁櫥門上那面落地鏡，史蒂夫死後，我常在夜裡看著自己跳舞，原地舞著，一曲接著一曲接著一曲，非常沉醉，音樂聲音大到我不會胡思亂想。至今仍然可以在體內感覺到。

我們到車庫去，克里斯蒂安想要弄清楚哪些東西是我的，哪些不是，以便把東西清掉，給他自己的東西挪個空間出來。東西不多，就一張繪圖桌，一把傾斜的舊藤椅，椅面洞穿，一台壞掉的全錄影印機。全都是我的（還是我的嗎？）

我毫不猶豫。「你可以全都清掉。」

兩天後再來，克里斯蒂安去上班了。離開前，有些東西要處理一下。獨自一人在那裡，不只覺得感傷，而且覺得可怕，不僅因為史蒂夫不在了，而且還知道吉姆和薇姬不在樓上，康拉德不在樓下，羅賓和他妻子不在大廳那頭，傑菲或艾琳娜不在三樓。全都搬走了，或是死了。我把書都丟了，滿滿一箱子留在走廊，讓鄰居拿去。史蒂夫留下來的衣服，我清出來——那些我最後無法丟棄的，讓我見衣如見人的衣服——包括他的四角短褲、健身短褲、法蘭絨襯衫。但現在怎麼辦？怎麼處理？我不願去想像其他人穿著那些衣服。

萬般不情願，從架子上拿下一個咖啡色大袋子，上面標有「史蒂夫骨灰罐及遺物」的字樣，坐在平常我們用的沙發上檢視著袋子。眼淚撲簌簌而下。事情已經記不太清楚，但在處理了他的骨灰後，我把骨灰罐當成了一種類似時間膠囊的東西，放置他的個人物品（史蒂夫的梳子、手錶、眼鏡……）。

反反覆覆看著史蒂夫的照片、駕駛執照、護照、家庭照片、快照——看到他一貫的英俊瀟灑，看到他起變化、老去，看到愛滋病毒和藥物改變了他的容顏——心裡想著，「這一直都是我的，他一直都是我的。」（還是我的嗎？）所有這一切，看起來如此纖細、脆弱，彷佛隨時都會在我那雙粗糙厚重的手中碎裂，即使照片也不例外——尤其是照片。我有點怕，卻也感受到無限柔情。打開一個小塑膠盒子——史蒂夫通常都放在健身包裡——裡面，一切猶如昨日：他的密碼鎖、一些口香糖、他的健身卡。我還記得，他死前的那一個晚上還去健身。我不知道該怎麼做。全都丟棄？保留下來？我做不了決定，所以乾脆不做決定。

把罐子蓋緊，放回紙袋，擺回壁櫥。關上門。到廚房裡倒滿一大杯水，一飲而盡。杯子放到洗槽，離開。叫一輛計程車，載我直奔機場。

〔譯註〕

1. （編註）斜方肌位於上背部頸肩處，這部位的肌肉對舉重選手的重要性，不下於腿部肌肉。薩克斯年輕時曾在加州創下舉重紀錄。

2. 萊茵貝克（Rhinebeck），紐約州的一個度假村。

冬天的樹

與樹共度一年

舊金山回來不久，有人偶爾問起我，失去史蒂夫，我們愛得這樣深，在一起這麼久，我是怎麼過來的。我含糊地給了一個回答。其實，我眞正想要說的，連我自己都覺得說不清（因爲聽起來太過奇怪）：一路走過悲傷，我以幾棵樹爲師，跟它們學了很多。那些樹，不是我的。也不是我種的。它們就長在我初到紐約時住的寓所的窗外。說到照顧，也只不過是隨著四季的流轉全心地觀察它們而已。

搬進去時，適逢四月，仍然寒冷，枝枒盡禿。我住六樓，面朝東北，隔著格狀交錯的枝椏，曼哈頓盡在眼前。樹有五棵，各不相同，說不上美。隔壁鄰居，一個景觀設計師，告訴我它們的樹種，臭椿（Ailanthus altissima），是一種城市野生植物。但我並不指望美。只要它們長得高長得大活得好就夠了。後來，我又查出，Ailanthus 源自印尼文，意思是「天堂之樹」。

我的窗戶不裝百葉窗或窗簾。我會隨著太陽醒來，然後躺在床上看著粗大的樹枝一會兒。有些清晨，樹枝宛如風中浮木，輕盈有如樹葉。碰到暴風雨的天氣，色澤轉黑，看來纖弱，彷彿萎縮的神經末梢。

史蒂夫過世兩年來，儘管我大致已經調適他的離去，卻仍然飽嚐悲傷之苦，套句佛洛伊德的話——**其悲也痛**。有的時候，忍不住會想要拿出舊照片，就只爲看一眼，只要看一張，只要一下子就好，有如毒癮捲土重來一般。但我挺過來了。我看到了樹的挺立抗風，不向天候屈服。

到五月底，幼芽新抽，轉爲綠葉。我雖然失去了視野，卻得到了一穹濃綠天幕。隨著樹葉而來的又是另外一種況味：窸窸窣窣，彷彿無數變奏，或婉轉，或迅疾，或輕柔，或切分——有如一支五重唱在爲御前演出做發聲練習。耳聞底下街道行人無緣聆聽的旋律，我欲將之錄於筆墨，這才發現，文字實不足以形容其萬一。

夏季多雨，尤其適宜觀賞我所謂的「樹電視」。有一次，風狂雷暴，我正想避開，卻見枝葉搖晃有如破布娃娃。枝椏劇烈抽打，來回揮擊，橫掃窗戶，砰然有聲，忽而緩緩低垂，轉瞬急遽飆揚。我整個人爲之震懾呆立。風雨雷電交加，群樹飄搖，已說不上抗衡，只有任憑摧殘。

但也正因爲如此，它們成長茁壯，樹種緜衍長存。

我絕非第一個注意到，衆葉將亡之時，便是樹最漂亮的時節。更正：可能是。我的樹在這時節，葉子轉爲病懨懨的黃色，散發出貓尿的氣息。於我的心情而言，這種別出一格的對照反而是最恰當的。史蒂夫死於一個十月的早晨，縱使我不記得確切日期，每一想起，都是從醫院走回家的路上，碧空如洗，空氣清爽，沿街路樹華蓋葳蕤，時值秋季，錯不了。等到我撒他的骨灰時，我的五個姊妹陪著我到一處森林保護區，卻見群樹金黃赤褐如焚。我埋下他的骨灰，於一棵紅衫樹下。

隨著冬天來到，樹終於開始落葉。背景變成了前景；我的視野回來了。一天早晨，太陽升起，克萊斯勒大樓投影於大都會壽險大樓，猶如一根細長陰暗的手指劃過大樓條紋的面龐，彷彿要撩醒它。我覺得自己應是整個曼哈頓島上唯一看到這一幕的人。

衆葉落盡，要花好幾個星期。直到聖誕節前，枝枒上覆蓋著宛如上百間高校舞會的乾燥花飾。禽鳥來了，是不是候鳥，我不知道。我寧願這樣想。牠們在那兒棲息，在那兒整理羽毛，是在提醒我，我在這裡找到了慰藉。

樹的復原能力，於我而言，已經不足爲奇。那一季它們如何承受第一個嚴重暴風雪的襲擊，迄今仍然令我讚嘆。風聲隆隆，有如定音鼓擂擊，大雪紛紛——紛紛——堆積枝枒，眼看就要將之斷折。雪花細小，細小於眼淚，爲何竟能帶來這等重量？到了午夜，曼哈頓不見了。取而代之的，是一個平靜的新世界，僞裝成了雲朵。我稱之爲天堂樹。

二月，收到續租通知書，我在東區找到一間比較大也比較便宜的公寓，打算退房。告別前夕，好好哭了一場；我會懷念這地方。次日醒來，發現臥室窗外群樹文風不動，彷彿在夜裡凍結了，那形象恍惚中令我有如見到史蒂夫的最後容顏。推開思緒，掀起被褥，雙手置於丹田。我要止息有如那樹，我如此告訴自己，並靜定下來，直至四體寂然如樹。身軀自然隨呼吸起落。不棄不拒。安定而已。活著而已。

「譯註」

1. 臭椿原名樗，又名大眼桐、姑姑翅、臭桐，屬苦木科，落葉樹，生長迅速，適應力強，但壽命較短，極少超過五十年。

Notes from a Journal

隨筆日記

2014 01.06

今天生日：五十三歲。一天從一份禮物開始：奧立佛為我唱生日快樂歌，歌聲充滿歡喜（沒有走音，令人驚訝），擁抱我一如往日，頭挨在我肩上，我輕撫他背，兩人融為一體。他給我一張手寫的卡片，並一如他一貫的做法，一個新元素，元素五十三，碘，裝在一小瓶中。他慎重其事地打開。「聞一聞可以醒腦。」

「願字字成真。」我說。

2014 01.09

雖然有偏頭痛，奧立佛卻不以為苦，反而覺得著迷，繞室而行：「我總覺得奇怪，光環[1]不夠亮，無法照亮整個房間。」（有一次他跟我說，光環的彩度亮得有如警車閃光燈，害得我也想要有一個）。奧立佛看著我，微笑說：「對不起，但你有點被特藝七彩暗點[2]籠罩住了……」

2014 02.01

下午四點，去了一趟奧立佛住處，看他是否想要陪我去健身房，卻見他蜷縮床上，蓋著藍色毯子，睡得香甜平靜。我等了幾分鐘，以防他醒來。清了幾次喉嚨，但他沒有反應，看起來十分安寧；我感覺到一股愛意湧上來——不知道為何——夾雜著一股傷悲，幾乎使我哽咽。給他留張字條，獨自去了。瑜伽教室出來，在健身房二樓見到他，看起來精神飽滿。他告訴我，他睡了一個鐘頭。「謝謝你給我的字條，很窩心。」他說。

譯註

1. 光環（aura），據稱可見於人或動物身體周圍的光輪。
2. 特藝七彩（Technicolor），一種採用於拍攝彩色電影的技術，發明於一九二〇年，最初應用於好萊塢的電影製作。暗點（scotoma），視野局部變異的區域，包括視力局部衰退或整個退化，為正常的視野所包圍。所有正常哺乳動物眼睛的視野都有一個暗點，通常也稱為盲點（blind spot）。

父親節

赴西雅圖探望父親，他不認得我了。以爲我是他部隊裡的袍澤。這我並不在意。我很高興把我們的會面想成是在本寧堡[1]，而不是在他已經住了好幾年的失智症安養院。

「海斯中尉！」我說，「幸會。」

「彼此彼此。」他伸出手，我們相互握住。老爸，九十歲了，蜷縮在輪椅裡，精神萎靡。這次探望是最後一面了。之前，他因肺炎及小中風住院。我的五個姊妹跟我說，他現在好些了，但也變了，隨時都在睡，睡得極深極沉，儘管已經不接受藥物治療。他們稱之爲安寧照護——再來就是臨終照護了。

我剛從紐約來，六點抵達，晚餐時間已過。護理人員爲住院者穿上了睡衣，開始安排他們就寢。蘇菲，九十七歲，眼睛炯炯有神，穿一件絲質長睡衣，高領，長袖，色澤銀白，一如她的頭髮。整個人看上去宛如聖誕樹上的天使。老爸穿四角短褲和一件T恤——他從來不穿睡衣——外加一件穿了六十年的長袍，是用他在西點的一條毯子縫製的——西點一九四九年班——上面滿是軍徽。

他睡過頭，誤了晚餐，一個助理告訴我。她熱了一些食物，拿到電視區旁邊的桌上，一份邋遢香肉醬三明治，他看了好一會兒。「跟你分著吃？」

我本來要說，稍晚些要和姊妹們見面共進晚餐，但轉念卻說：「沒問題。」便吃了一半。漢堡麵包溫熱柔軟。他吃他的份，三口解決。我叫他吃點蔬菜，他扮個鬼臉，好像在說：「你有沒有搞錯？」

護理人員四處走動，分送住院者晚上的用藥及安眠藥，藥都摻在一湯匙的冰淇淋裡。他們態度和善，病人也報之以和善及感謝。其中一個護士停下來跟老爸講了一會兒話，她沒給藥，卻給我們一紙盒香草冰淇淋讓我們分享。「約翰和我認識很久了，對不對，約翰？」她很漂亮，金紅頭髮，眼睛濃妝。爸爸沒有回她，等她走後才用大到她聽得見的聲音說：「妳直呼我名字。」然後，多半是說給自己聽：「這下子我出名了。」

對漂亮女人，他有獨到的眼光，跟女侍、出納、甚至護士打情罵俏，這常令我感到尷尬。相反地，我則對男生青眼獨具。三十年前，當我終於把這事告知父母時，爸爸大驚失色，不知所措。我可是他的獨生子，看在老天的份上。從那以後，很長一段時間，可以遠溯到我二十餘歲住在舊金山時，我們彼此沒再見面，也沒講過話。我們透過郵寄書信打筆仗。最後才相互讓步。

如今，他什麼都不記得了，在我看來，這未嘗不是失智的福氣。我們聊本寧堡的傘兵訓練，以及韓戰期間他的幾次跳傘。縱使在一次戰鬥中受傷瞎了一眼，他仍然繼續跳傘——夜跳——進入敵軍陣地。我們又聊到游泳，這可是我熱愛的項目，奧立佛和我一個星期總要一起游個兩、三次。我心想，或許我們父子還滿像的，儘管過去我從不這樣認爲。「你是西點游泳隊的，對不對？」

「隊長。」他淡淡地說，然後加上一句：「好像是。」

我們聊著，另一個住院者推著輪椅來到桌邊。只見她坐了一會兒，彷彿當我們是院子裡的野草，然後問道：「這位是誰？」

老爸沒答她。

「我是約翰的兒子。」我說。

「你是我兒子？」老爸說。「才不是哩。」突然間，一臉的困惑和懷疑。

「對對對，沒錯，我們是在步兵團時一起的。」我告訴她，糾正自己。

他點了點頭，腦袋一歪，睡著了。

推著老爸到電視區，助理卡珊卓和蘇菲及其他幾個人坐那兒漫不經心地看著〈危難〉，她叫我將老爸推到她旁邊。我照著做了，但她卻抓住他輪椅的扶手將他拉得更近。這一來，弄醒了他。只見她凝視著他的眼睛，彷彿要深入他意識的某處，大腦裡面很深很深的地方。

「約翰？」她說道，「你有幾個孩子？」字字清晰，語調平和，對他微微笑著。

老爸想了一會兒。「六個？我有六個？」

「沒錯，」卡珊卓說，微笑，繼續凝視著。「幾個男孩，幾個女孩？」

「四個女孩，兩個男孩。」

「到底幾個，約翰？」她拉起他的手，親切地看著。

「五個女孩，一個男孩。」

卡珊卓笑起來。老爸笑起來。「那你兒子叫什麼名字？」

「威廉，」老爸說，「威廉。」

我摟住老爸，靠在他肩上，親他額頭。他看我一眼，好像在問：「你搞什麼鬼，親我？」他伸出手，我們握手——軍人對軍人。我道別。

「再見啦。」他說。

譯註

1. 本寧堡（Fort Benning），美國陸軍基地。

一天結束

Notes from a Journal

隨筆日記

2014
03.02

躺在躺椅上看報紙，沒注意時間，不趕著要做什麼，奧立佛在練琴。我喜歡聽他彈琴，聽他自對自地一路隨著哼唱。

彈到一個時候了，他過來靠著躺椅，一如往常，撫摸我，一如往常，彷彿我是動物園裡的動物——手伸過欄杆輕輕拍著我（或者是正好相反——他是動物，關在籠子裡，鼻子或爪子伸出欄杆來觸碰我？）

「來，寶貝。」終於我開口了，握著他的手拉他貼上來。

2014
05.02

太陽西下，天色漸黑，晚上晃到阿里處跟他打個招呼。

他伸出手，我們握手。「我的朋友。」他說。

我們走出店門，談起第八大道沒完沒了又吵雜的工程建設：「這是我看到的第九次了，他們把街道都給掀起來了。」他說。

他告訴我，他的老闆買下了隔壁的文具店，如今在這個街區擁有三家店了。

「第八大道之王。」我開玩笑地說。

阿里點了點頭。

「但你依然還是市長。」

阿里指著對街的店面，其中三家都在窗户貼出了「出租」的牌子。有機烘焙店剛關掉。「一個好鄰居，在這裡好多年了。」他頓了頓。「他不得不把店關了，十五個人也跟著丟了飯碗，十五個人，得另外找工作，有段苦日子要過了。」他說，多數都是學生，要不就是非法打工。他搖搖頭。「這是不對的。」

2014
06.03

星期天，奧立佛努著他的鼻子，狗兒一般，上上下下，前前後後，摩擦著我理的平頭（「活像一片草皮。」他說），然後，又拿他的頭頂磨蹭一遍。

「啊，**為什麼**人會這麼做呢？」奧立佛說，突然間，他裡面的那個科學家跑了出來。

「因為覺得舒服。」我回答，不假思索。

他笑起來；這答案太簡單，顯然過於簡化。

「但卻很有趣。」他說，接著話頭又繼續下去。「難道覺得舒服——難道是**感覺**——在影響著我們身為動物的所有選擇？某些事情感覺舒服，所以我們就再做一次——這就是我們對於快樂的理解。如果覺得不好，所以知道那是有風險的，是危險的……？難道我們的生活都是由感覺在制約？」

「我的就是。」我回答。

似乎沒聽到我說的。

「植物有感覺嗎？」他說。

他看著我，好像我有答案似的，但卻繼續下去：「當然，它們有，只是它們無法像我們這樣快速反應。植物根植在地裡，它們也能動，沒錯，但無法像動物那樣快速。一棵樹的生長也許要花一年，一朵花的綻放要花好幾天。難道**速度**就使我們有了區別——這種加快速度的能力？你可以拍攝葡萄藤攀緣的縮時攝影，就會看見它確實在動，但你若要它趕上動物——譬如一個人——回應環境威脅或改變的速度，就必須將它加速一千倍。」

奧立佛側著頭，似乎在注意房間的一個角落。「沒錯，或許速度才是關鍵……」

2014
06.15

奧立佛：「我喜歡那種朦朧的碰觸，你的手放我手上，忘我身之所止、忘你身之所始……」

2014
07.22

昨天晚上，在廚房為我們兩個做晚餐，一個念頭升起：「**這是我最幸福的時刻**。」

我打斷自己：「**真的嗎？**」

繼續做我的晚餐，有點像是在測試這種感覺；其間奧立佛一直在講著話；而我想著：**是的，是的，是真的**。

Part III

紐約叫人心碎

鏡中的情侶

與伊蘿娜共度的午後

三點整，我們約好的拜訪時間，我按下伊蘿娜家的門鈴，她按下大門開關讓我進去。「差不多快到了。」我到二樓時，她在上面的樓梯間喊著。她住的房子沒有電梯。九十五歲了，上上下下三層樓，每天好幾趟，「這讓我保持年輕。」她對我說。

兩天前，伊蘿娜打電話給我，說要送我一件禮物，以謝謝我爲她拍照，還印出來給她。「只耽擱你半個小時。」她說。

她家的門開著一條縫，她從裡面探出頭來，臉有如一束花，橘的、藍的、綠的，雙唇艷紅如緞。「進來，進來，不要客氣，就當在自己家一樣。」擠過開得窄窄的門；就開那麼一縫，因爲只能開到那個程度，門後堆的東西使門無法完全打開。

伊蘿娜說過，她家很小很小，跟她的個頭一樣（身高不到一百五十公分，體重不超過四十公斤）。又說：「無論看到什麼千萬不要大驚小怪。」這話乍聽起來既像是警告又像是逗引。

縱使如此，我還是吃了一驚：房子小得超出我的想像——只一個小房間；半套衛浴在右邊；沒有廚房；只一扇窗子。靠左，一張雙人床，高出地板許多，就在門後面。成疊的東西——書籍、雜誌、箱子——堆得高高的。床對面是一張小椅子，包圍在成疊成堆、我甚至說不出是什麼的東西之中，宛如一座只有一條狹窄護城河環繞的島嶼。牆壁更是可觀，從地板到天花板，箱子、盒子、書籍、衣服及畫作——包括風景及人像油畫——排得滿滿的。門對面的牆壁裝了鏡子，但鏡子只有最頂端看得見，其餘四分之三都被遮住了。

單從我的描述來看，有人或許會認為這一方小小空間是個囤積狂的家。若是這樣的話，那就表示我傳達了錯誤的印象。這小房間雖然擁擠得超乎尋常，卻毫無一絲瘋狂、老舊、髒亂的跡象。東西都色彩繽紛，質地柔軟（織品、衣服、帽子）。散發著愉悅、潔淨的氣息。每件東西都伸手可及：依我看，她什麼都不缺。這裡不過就是一個身材嬌小之人的家，住了六十六年的家，擁有的東西無愧於六十六年的歲月。

「很高興你能來。」她說，和藹可親。

我仍然目眩神搖，彷彿剛從隧道出來還未適應刺眼的陽光。我謝謝她邀請我過來，並徵得她的許可，將我的相機、袋子及外套放到她床上。

相較於那天我在公園爲她拍照時的穿著，伊蘿娜今天穿得較爲閒適。她穿著一件褐色卡夫坦長袍，領子上有些亮片，亮橘色的頭髮戴著一片藍色帽舌，光著腳。還貼上了她別具一格的睫毛，長可一吋的睫毛，是她用自己的橘色頭髮做出來的。

她很快進入正題。我來這裡是有原因的，並不只是交際拜訪：她說，她要畫一張我的畫。「你拍攝過我，現在我要畫你。你這裡請坐。」她對床旁邊那張有如島嶼的椅子比了比手勢：「光線比較好。」

我對自己笑了起來；實際上，那裡根本沒有我可以坐的地方，除了床上。

我問她需不需幫忙，但她堅持自己動手。我就這樣看著這位小婦人將椅子上的東西移開，好讓我坐下，這一來，又製造了一落新的堆疊。她的動作緩慢、微顫，看來有點像是帕金森氏症的顫抖，但絲毫不馬虎。「來，坐坐看。」

我坐下。伊蘿娜眉頭一皺。「太高。我很矮，你知道的。」

我不覺暗笑，點了點頭。

我站了起來。她從椅子上拿開更多東西——原本堆在上面的書和雜誌。「好了，」她說，「我看這樣可以了。」

我坐下。她仔細打量我，瞇著眼睛。「好了，我們差不多了。」她說，聲音愉快、和藹。

伊蘿娜坐我對面，兩人膝蓋幾乎碰到。她的右前方擺了一張凳子，我便將左腳搭在底下的橫檔上。在她左手邊排得滿滿的架子上，伊蘿娜研究了好一會兒，幾經考慮，挑了三支鉛筆放到凳子上，又從其他間格裡挑了一小張厚紙，約十乘十五公分大小，然後拿一本線圈拍紙簿墊在下面。

「好，現在放自然些，放輕鬆。」我往後靠一點。

「不對，要眞正放輕鬆，肩膀放下。」

「這樣嗎？」

「對，這樣很好，但你得拿掉眼鏡。好，不要看窗戶外面。你要看著我。我在畫你的眼睛[1]。」

「你在畫我的眼睛？」

「沒錯，親愛的！」她沒再多說什麼。我的眼睛？就一隻？我左思右想，這句話應該有別的意思。

伊蘿娜拿起一支鉛筆，然後研究我的臉好一會兒。我凝視著她的眼睛。由於顫抖，她的身體輕微移動，耳環隨著微微搖晃。然後她往下看著紙張，開始在上面做些記號。她又抬起眼睛看過來，很認眞地注視著。

「妳不需要戴眼鏡就看得清楚？」我問道。

「不用，有的時候晚上看書得用，但別的時候不需要。七年前我割除了白內障，從此就不用了。」

「妳畫畫多久了？」

伊蘿娜抬起眼睛，放下鉛筆，給了我一個容忍的微笑，然後語氣堅定地說：「我工作時沒辦法講話。我們可以晚些再講。你可以講；我想聽你的事情。這一刻，你是世界上最重要的人。」

除了受寵若驚，她的話讓我感動不已。事實上，好幾天了，隱隱約約地，我總覺得自己這個人不好——對我來說，這種情況很尋常。所以，此時此刻自己置身在一間小室，與一位極嬌小、極年老的藝術家共處，相隔咫尺，而她將她有限的時間之中挪出半個小時，也許更多，全都奉獻給我——啊，我深受感動。**你是世界上最重要的人**，我在心裡念著。

「謝謝妳。」我輕聲說。

「不客氣，」她愉快地回答。「來，談談你自己。」

於是我說了。我告訴她，我成長於華盛頓州一個小鎮，談到伴侶死後搬來紐約，談我的書和寫作，談起數年前開始的攝影。有的時候，她會問些問題，簡短又簡單的問題，純粹出於想要多加了解（「書都寫些什麼？」「家人現在都住哪裡？」「史蒂夫怎麼死的？」），但多數時間她只聽我講，一邊作她的畫。大多時候，我並不是個能言善道的人。

我努力保持不動，並直直凝視著伊蘿娜的眼睛，甚至說話時亦然。她十分欣賞這一點。

「你是一個很好的模特兒。」在某一刻她這樣說。「你不會亂動。」

「謝謝。」我說。

「不客氣。」她回答。她總是客客氣氣，但態度始終認眞。

我沒戴眼鏡，因此看不眞切她的動作，此外，有的時候，她會一手拿起拍紙簿畫著。

「有時候，我會瞇起眼睛。」她解釋說，「這樣我才能掌握整個畫面。」

她接著又做了更多的說明。「大自然眞是無與倫比——沒有兩隻眼睛是完全一樣的。」

她提出她的觀察。她告訴我，她只爲特別的朋友這樣做——畫一隻眼睛。我打破規則，問她，她作這樣的畫多久了？「至少五十年。」她回答。

我點了點頭，但實在無法想像。她告訴我，她畫過田納西・威廉斯[2]的眼睛。

「你的眼睛很漂亮；因爲你戴著眼鏡，我之前不知道。」

我聽著，看著她。

她邊說邊畫。「我看到了一些線索，而在你的眼睛後面，有一種強烈的探索。」

我微微點頭。這也是一種閱讀，我開始了解了。

靜靜畫了一會兒，伊蘿娜又瞇起眼睛。「你的眼睛裡有閒情逸致，但也……很專注，非常的專注。認眞，極度的認眞——我很少看過像這樣的。」

我心想，對其他坐在她面前讓她畫的人，她也都說這些嗎？就算是，我也不介意。

我在想，她是否會說，她也看到了我有時候會感覺到的悲傷、寂寞。不過話又說回來，此時此刻，在這平靜的小室中，與這位九十五歲的藝術家共處，我一點也不覺得寂寞。我覺得自己是世界上最重要的人。我告訴伊蘿娜，我母親也是藝術家，以前常常畫我五個姊妹和我的素描。

她抬起頭，微笑。「眞好。」

「她很棒，」我做夢似地說，「我很幸運。」我告訴她，我們家的整個地下室就像一個藝術工作室。

她問我母親是否還在世。我說不，她點了點頭。

我告訴她，我的父親卻非常不一樣——一個軍人，一個戰爭退伍軍人，一個酒徒，一個賭徒，一個愛爾蘭後裔，嚴厲——但也是一個養家活口的人（provider），這個字眼已經不太有人用了。他兩次破產，但……他讓我們不虞匱乏，供我們全部讀完書。就此而言，也是我的幸運，我心裡想。

我也想過要問伊蘿娜，她是否結過婚，或有無小孩，但打消了。有朝一日，若有機會再爲她拍照，到時候再請她談談她自己。

偶爾，伊蘿娜會放下鉛筆，用手指頭塗抹線條，或拿塊小橡皮擦擦掉一些地方。鉛筆全都是橘色色調，比她的頭髮及睫毛顏色稍淡些。

「快要完成了。」伊蘿娜說。我記得她在電話裡告訴我，全程大概要花二十分鐘，最多半個小時，我瞄一眼她附近的綠色電子時鐘；的確，已經過了約二十分鐘。

她停下來，放下鉛筆，仔細瞧了瞧畫，微笑點點頭。「看，」她說，「你的眼睛。」將畫轉過來給我看。

我拿起眼鏡戴上。我說不出話來。那不僅是一隻精確描繪的眼睛，而且千眞萬確就是**我的**眼睛——我認得出來——而且，小小一方畫紙，雖然只有一隻眼睛，但彷彿我臉部的其餘部分也都躍然紙上；我可以從我身體的那一個部分裡看到自己的整個臉。我可以看到我自己。

我承認，我眞是驚訝不已。我本來不抱任何期望，甚至不知道她是否眞的能畫；但事實是，她畫得極好，細緻，傳神。

伊蘿娜看得出來我很滿意。只見她雙手一拍，「太好了！」將畫轉向她自己。「最漂亮的眼睛，可不是嗎！」她大聲喊出來。這倒不是在自我標榜，而只是對眼睛本身發出讚嘆。

我呵呵輕笑，覺得蠻不好意思。「謝謝妳，」我說，「令人驚喜的禮物，眞不知該說什麼才好。」

「你太客氣了，我才要謝謝你的照片呢。很高興我們成為朋友。來，」她換上另一副口氣，「我得要噴上這個，以免弄髒了。」說著便遞給我一罐亮光漆。「你能幫我搖一搖嗎？

伊蘿娜・洛伊絲・史密斯金（Ilona Royce Smithkin）作品

比起我，你有力氣得多了。」

我站起來開始搖動罐子，一種熟悉的聲音——裡面的鐵球發出喀啦聲響——令我想起兒時家中地下室裡架子上排列的噴漆及亮光漆罐。站在她身邊，我突然覺得自己巨大無比，不僅一身肌肉結實到有點滑稽——有如電視裡的摔角手——而且高大，其實，我並不高，一百七十公分而已。

「夠了！」她喊著，聲音壓過了罐子發出的聲響——我整個人恍神了，沉迷在自己的白日夢裡——於是我將亮光漆的罐子交回給她。她擠身穿過門縫去到走廊裡，噴好了畫，回來。「它還得晾乾一會兒。來，我們喝點什麼，咖啡，還是伏特加？我在行的也只有這兩樣東西。」

「伏特加！」我說。「我們好好乾杯一下。」

伊蘿娜開懷大笑。「太好了！」她說。

她走到房間右後方角落，蹲下身子開始摸索。我估量著這大概就是「廚房區」，雖然沒有爐子、烤箱或冰箱，只有一個烤麵包機。「我要選一瓶非常特別的伏特加，」她說，「詩洛珂[3]，你知道嗎？」

「不知道，」我說，「聽起來很棒。」我可以看到她拿出一個伏特加瓶子，像飛機上的那種，然後倒酒。

伊蘿娜拿來兩只非常小的藍色杯子，約莫頂針兩倍大，盛滿了伏特加。我們碰杯。

「敬新的友誼。」伊蘿娜說。

「是的，敬友誼。」我們一起小口啜飲。

〔譯註〕

1. 「我在畫你的眼睛」，原文是"I am drawing your eye"，眼睛用的是單數，所以才會有後來的對話。
2. 田納西・威廉斯（Tennessee Williams, 1911-1983），二十世紀美國最重要劇作家之一，曾經兩度獲普立茲戲劇獎，《慾望街車》為其名作之一。
3. 詩洛珂（Cîroc），法國品牌，一種另類伏特加，由葡萄釀製。

伊蘿娜攝於我家窗前

Notes from a Journal

隨筆日記

2014
09.04

入夏以來，今天最熱，炎熱苦溽，彷彿這城市非得如此才足以證明其存在。酷熱使人焦慮易怒，卻也促進聯繫——電梯中、計程車裡、大街上，大家都在談這酷熱——彼此同情，互相安慰：**一切都會過去，秋天不遠了**。但另一方面，在這樣的日子裡，落日也格外絢麗，託煙霧與熱氣之福，天空的色彩另類到難以歸類——簡直就是粉紅色的大反撲、大爆發。

我決定乾脆熱他個痛快，散步去。在阿里的店停下來。「你好，先生。」我說，學他跟我打招呼的方式。我們握了手。「還不錯吧？」

「好累。」說他已經一個月沒有休過一天假，老闆出門，要下個星期才有得休。聽起來蠻慘的。「那麼，休假準備怎麼打發呢？窩在家裡……？」

阿里點點頭。「睡覺，吃飯……」聳聳肩。「根本沒辦法計劃。總有事情可能發生。假都還沒休，結果呢？什麼壞事就都來了。你得到了當天再來計畫當天的事。」阿里說，斬釘截鐵。「事先無益。」

我告訴他，這很有道理：順其自然，毋庸操煩。

「沒錯，我的朋友，沒錯。」

第八大道與詹恩街（Jane）路口，紅燈。詹恩街小酒館前面的長椅上坐一名男子，手拿一塊木頭和一把摺刀。我忍不住好奇：「你在做什麼？」我問。

「雕刻木頭。」

這答案還真籠統。

我換個方式再問一次：「你在製作什麼？」並在他旁邊蹲下。男子可能七十五歲或者更老些，瘦瘦小小，戴一頂棒球帽。

「喔，一支拆信刀吧，我想。」

我只點了點頭，但心想這真了不得，理由有二：其一，他要雕的是一件細小精緻的東西，用的卻是一大塊木頭（而現在根本還沾不上完工的邊），其二，他要做的是一支拆信刀，一件大家過去都有的工具——曾經必備，如今卻不再需要了。奧立佛就有好幾支。事情很清楚：打開簡訊或電子郵件根本不需要拆信刀。

我稱讚他不簡單，他卻一臉不好意思。「我只是在做我的本行。我是雕刻師。」

我祝他好運，並說我期待看到他的進度。「改天晚上我再來。」

「沒問題，如果我還在的話。」他說。

左岸書店櫥窗裡一本書抓住了我的目光：瓊・迪迪昂[1]的《公禱書》（*A Book of Common Prayer*）。轉瞬間我回到十六歲那年在斯波坎市（Spokane）的戴爾頓書店裡[2]，就在收銀台旁邊的新書展示區看到那本書，它的開卷首頁至今我還記得：「**我會做她的證人……**」。

我一定得進去。我喜愛這家書店，因為它開到很晚。我喜愛這家書店，因為店員從來就不和藹。我喜愛這家書店，因為它賣的是老舊的書，多數都是頭版書。沒錯，我說的是老舊；多數都出版於六、七十年代——我的那個年代。

無論什麼時候走進去，店員或老闆都緊緊盯著我，一如盯著每一個人那樣，彷彿我是個闖入者，是要來打斷他的，有的時候我的確是——他可能正和別人談得很入神。他也可能正在看書。總之，很明顯，只要我一進去，店員就從店後面瞪著我。

「你們還在營業？」我問，儘管我知道，既然門開著，當然就是在營業。

他點點頭示意沒錯，但一副今天是例外的臉色。

我踮著腳步繞往後面。他看起來正忙著，把書上架。「那看起來是本很好的迪迪昂。」我說。

他表示同意。

我問他多少錢，他說三十五元。我很想買下來，儘管我已經有這本書的首版了。我就是想要擁有它；它看起來那樣新，比我的還新。但我繼續瀏覽。我熟悉的書封還真多：藝術圖書出版公司亞伯蘭斯（Harry Abrams）出版的巨冊愛德華・霍普[3]專論（我曾經也有一本；如今不知流落何方），還有，在詩歌區，封面朝外，包著塑膠保護膜，一本《精靈》[4]。

《精靈》：啊，《精靈》。我內心深處有些東西悸動不已，哀傷，亦喜亦悲，一種熟悉感，幾乎如同淚水一般，即將湧上我的雙眼。我不知還能用什麼別的方式來形容它。夢中見到史蒂夫，正是這種感覺。失落：但失落了什麼？青春？詩？

店員正在整理書架，突然有五、六本書掉落下來。安靜的書店裡聲音清晰可聞，並且立即就能辨識出是什麼聲音，那是書在書架上失去平衡，翻倒掉落的聲音，是具備實體的書本重量所發出的聲響。那是好聽的聲音，熟悉的聲音，令人安心，我覺得，光這聲音就是擁有書本的理由。願書永不消失。

我拿起《精靈》，讀了幾頁。「**爹地，爹地……**」我笑了。詩的力量不曾改變。看著詩的題目，我曾經熟讀的詩，哀傷化為了某種類似感激的東西。**意識到自己充滿著感激**，我心裡想著。

2014
09.13

清晨四點醒來，聽到叫喊——不是叫喊，是怒吼——還有汽車喇叭聲。那一刻，我還以為是自己看了一部暴力電影在作噩夢。但那聲音太過於真實，從窗外的十一層樓下面傳來。我躺在床上聽著：一場騷亂，可以感覺得到，也意識得到，甚至無須看到現場狀況；聽起來有很多人。最後，我起床到窗邊朝外看去。是在加油站：一排車子，約莫五、六輛，排在加油槍前，看來有三、四個人正在爭吵著。其中一人是加油站員工，穿著制服，還是個年輕人——

另外兩個互相叫囂著，彼此揮拳相向，作勢欲打。一個年輕女子繞過來，一樣氣沖沖地攻擊加油站員工，口出惡言，拳腳相加。有人加進來想要勸解，但無功而退。幾個人就這樣在加油站裡打來打去。有一陣子幾乎安靜下來，彷彿大家都已退去，然後又吵了起來。突然間，女子被人推倒在地上，沒過多久，另一個人也被推倒。

整個場面很可怕。遠遠看去，那些人有如一群動物，若不是他們發出人的聲音，加上髒字連篇的咒罵，還真會被誤認為動物。

紐約真是叫人心碎，我心裡想著。這是其中一種：充滿暴力、仇恨、憤怒。

還有，喝得太多：黃湯灌到清晨四點。

我打開空調將吵雜聲淹蓋過去，並服下半粒贊安諾好重回夢鄉。

譯註

1. （編註）瓊・迪迪昂（Joan Didion）被譽為美國「當代最優秀的散文體作家」，文壇地位崇隆。懷念逝世丈夫的回憶錄《奇想之年》，倍受推崇。
2. （編註）戴爾頓書店（ B. Dalton bookstore）為創立於一九六六年的連鎖零售書店，一度是美國最大的精裝書零售店，一九八七年為大型書店邦諾收購。
3. 愛德華・霍普（Edward Hopper, 1882-1967），美國畫家，以描繪美國當代寂寥的生活風景聞名。
4. 《精靈》（*Ariel*），自殺身亡的詩人希薇亞・普拉斯（Syvia Plath, 1932-1963）的詩集。

西四街的警察

他的名字叫拉希姆

「那是阿拉伯語。」他告訴我。昨天上午某個時候，拉希姆把他的拖車停在第八大道上奧立佛和我住處對面，拖車由三台獨立的購物推車組合成，每台都堆著幾乎爆開來的袋子，高達一百八十公分，裝滿收集來的瓶瓶罐罐。說真的，你不可能不注意到它，光是那樣大刺刺占用公車車道當成他的私人停車格，就夠囂張的，但人們流水一般經過，彷彿沒看見。又或者，他並不眞正存在。日子酷熱溽濕，溫度超過攝氏三十二度，人們大概都會以爲，拉希姆只是海市蜃樓吧。

第一次見到他，是在我要去看事先約好的醫師，離開市中心的路上，他睡在牛奶箱子上，用袋子遮住太陽。遠遠地，還沒走近到可以拍攝的距離，照片已經在我的心裡浮現。我用拇指扳開相機開關，鏡頭蓋塞進口袋，同時間三步併作兩步朝他疾速走去。我正對著他蹲下，在鏡頭裡瞄準他的臉，按下快門：一、二、三、四。我覺得自己有如一個盜獵者。**我的**

確是一個盜獵者：睡覺的人醒來，怒不可遏，大聲喝斥：「離我他媽的遠一點！」

我覺得很糟，又慚愧。這是從來沒有過的事——我從來不曾未經允許就拍攝別人。這樣是不對的，於是我向那人道歉，他的表情彷彿默默在詛咒著我。但話又說回來，等上了地鐵，檢視自己拍攝的鏡頭，拍得還眞好，抓住了眞實。但接著，我心想，盜獵者談起他們盜獵的象牙時鐵定也是這樣的心情。儘管如此，我沒有把照片刪掉。

傍晚時分，回家的路上，隔著一個街區，看到他還在那兒。我買了一瓶水，走過去，遞給他。他有上百，或許上千個空瓶子，但有一瓶是滿的嗎？

「你今天有喝足夠的水嗎？」我問。不知道他還記不記得我，但他道著謝接下那瓶水。或許他寧願乾脆把水倒掉，好把瓶子加入他的收集中。我不知道。

我問他，接下來要去做什麼。他說，剛要動身去杜安里德連鎖藥妝店[1]，把袋子拿去換錢。他告訴我，和布朗克斯不一樣，曼哈頓沒有回收中心，藥妝店又不是一次什麼東西都收，所以只好一家接一家跑。拉著這組拖車一家一家去，要花上好幾個小時，也許好幾天。那些購物推車彼此並不相連，他無法一次一起拖著走，每次只能推一台，同時得盯著另外兩台，以防別的廢瓶收集者（那些有藥癮的，他說）把它們偷走。但他這番解釋帶著一副理所當然的模樣，彷彿在說，**這不過是大家都在做的事**。這會兒，因爲天氣熱，他正喘口氣休息一下。

「你有東西吃嗎？今晚有地方睡嗎？」

他點了點頭，還是一副理所當然的神情；他不擔心這些。也就是這時候，我問他名字，他說是拉希姆（Raheem）。我後來才知道，那個字的意思是「慈悲的」。

我說，我叫比利。又說，我想給他一點什麼，多少幫幫他。他畢竟沒跟我討過一毛錢。我不想再次冒犯了他。「這樣，行嗎？」

拉希姆點了點頭。我給了他二十元。

「平安與愛，哈利路亞。」他說，輕聲細語，誠心誠意，有如禱告。「神賜福於你。」

我要求再拍攝他，他說沒有問題，於是，我又拍了幾張。

我問他，他在街上多久了，他說十六年了。無論如何，找些吃的及睡覺的地方不是問題——他的意思是說，這些都是最不打緊的事。警察才是問題，他們騷擾他，叫他帶著他的破爛滾出這條街，甚至還有更糟的，他說：「這裡的人現在住的房子要價一億二千萬元——他們說：『滾出我的大樓！你那些狗屎爲什麼不丟到垃圾堆去？我可要叫條子了！』而且他們來眞的！渾蛋。害得我又要跟條子打交道。」

他小聲說道：「這裡以前都是同志的時候，住戶友善得多了。」

這讓我差一點笑出聲來，我說我絕對相信是這樣，可惜自己以前不住這裡。

「他們以爲我不懂法律。法律我懂。我知道自己的權利。我做的不是違法的事。我沒有吸毒。我有充足正當的權利做這一行。」他說。他望著他那一袋又一袋，被我們大多數人稱之爲垃圾的東西。「這是我的工作！」他打從心底這樣說，「我的工作！」

就在那個當下，我突然看到了紐約街頭每一個做回收的人，他們從不同的垃圾箱或已經清過的大型垃圾收集桶中，收集瓶瓶罐罐——全都是年長瘦小的亞裔婦女，有的時候全家出動，祕魯裔，非洲裔，有的用一根桿子兩肩挑著袋子：他們爲自己工作，扛起了我們多數人因爲太懶、太忙或太有錢所以連想都不曾去想的工作。

但拉希姆還沒說完。「我對擁有那些房子傢伙說：『**你們**做了什麼？我在拯救**地球**！你們爲這個星球做了什麼？』」

【編註】

1. 杜安里德藥妝店（Duane Reade drugstore）為紐約曼哈頓地區的連鎖藥妝店，以大量開設小型店舖聞名。

Notes from a Journal

隨筆日記

2014
09.14

奧立佛從一個門房那兒聽說了阿里那個街區一家菸草店上個星期遭搶。歹徒在星期日深夜店家要打烊時闖入作案。聽到消息，不免為阿里擔心，於是，奧立佛和我一同前往探個究竟。

「門口貼了告示。」他說，指著一張「通緝」的布告——一張從監視錄影畫面取得的模糊影像。「他們有槍，用了電擊棒，把他捆起來，拿走了所有的錢、香菸、樂透彩券……」

「他現在……沒事吧？」

阿里聳聳肩，「他沒事。」

他顯得心神不寧，表情木然，無精打采。

或許光是講故事都講到累了，也或許是受夠了我這種人的大驚小怪——單獨一個人守著一家店，賣的是菸酒、樂透彩券，他們所處的危險，我們難道看不出來？你們這些人未免太天真了吧？

奧立佛和我買了一份報紙及一支雪糕。「九塊錢，」阿里說，「九塊錢。」他看著奧立佛：「要火柴嗎？來些火柴，醫師？」

奧立佛點點頭。

阿里奉送了兩盒。我注意到上面沒有字，只有白色的盒面。「這火柴……」我說，「上面不再印『謝謝』了？」

阿里的臉上還是那副冷冰冰的表情。「人都不說謝謝了，所以盒子也一樣。」

「真的……？」

「世道變了。」阿里說，沒有一絲惋惜或情緒。「世道變了。」

2014
09.20

「你會在某些時候捕捉到自己的思緒嗎？」奧立佛說，突如其來，在車子裡，前往他位於哈德遜谷週末住處的路上。「我有的時候覺得自己……好像在看著自己意識的神經基礎……」

「是嗎？」

「那些都是十分特殊的時刻。」他繼續說道，「心思啟動起來的那一刻——而你看得到它。大致上那是自發的，但雖然是自發的，卻是代表你——牽涉到疑難、問題諸如此類的。」停一會兒，接著又回到他的思路：「那是**創造性的**天馬行空（flights）……**天馬行空**：這是個很棒的字眼。」

「嗯，我喜歡這個字眼……是什麼……引發了你這樣的天馬行空？」

「驚奇，訝異，好奇……」

「了解。」

2014
09.25

在華盛頓廣場公園拍完照，回家的路上走捷徑，穿過威佛利[1]旁邊一條巷子，看到一位仁兄在街道另一邊，踩著紊亂的節奏走著——順著他體內的音樂。「今天我見過你多少次了？」

他叫喊著，聲音透著友善。「二十五次？三十次？然後現在呢？又一次……！不可思議。」

天色漸暗，我看不太清楚，之前我見到過他嗎？有可能。我剛剛才拍過一對小情侶在公園長椅上親熱，三個星期前我在另一個公園也拍到他們。這城市說起來還真小。

於是，我跟著玩起來：「三十？不，不是三十，是十七吧。」

「至少三十，我看你是算糊塗了。」那個年輕人說。

越過街道，我迎上去。他衣衫不整，瘦瘦的，年紀輕輕，或許二十三、四歲，戴一頂棒球帽，低低壓在臉上，幾乎蓋住眼睛，卻掩不住那一對警覺閃亮的雙眸。若不是嗑了藥就是喝茫了。一張俊俏的臉。他說他叫比利。我問，可不可以拍他。

「你拍的都是些什麼樣的照片呀？」

我告訴了他。

「讓我看看，拿些讓我看看。」

我拿出手機。他抗議起來，嚷得很大聲：「不要手機！不要用你的鬼手機！」然後突然放低音量，幾乎是喃喃低語：「你相機上的。拿你的相機秀給我看。讓我看你最後拍的那張。」

「沒問題，等一下。」我按下檢查鍵找了出來：年輕情侶在公園長椅上的照片。他緊緊抓住我的手，將相機拉近他臉前，仔細審視——一對年輕男女，徜徉愛河，留下這無憂無慮的一刻；我很好奇，他腦筋裡不曉得在想些什麼。他看到的是他自己還是根本不認識的人？

「給我看更多照片。」比利說。我照著做了。他點了點頭，表示滿意。

他往街道中央一站。「這裡怎麼樣？如果我們要拍張照片，這樣一定最棒。」

「沒錯，一定。」

「一定比你拍過的任何東西都要棒。」

我剛要按下快門，突然間，他一個箭步衝過街道，進入通往一處地下室的樓梯間。我走過去，朝下望著他。

「比利，你可知道那是什麼感覺……」他拿出一個透明塑膠袋及打火機，「抽菸？」

我知道他說的是快克（強效古柯鹼）。我搖頭。

「這東西沒得比，簡直就像是天堂，就像……我吸了之後，什麼都想幹，什麼都能幹。我可以扒光衣服，栽進垃圾箱裡，照樣舒暢無比。」

我看著他抽出一支菸捲。我舉起相機到眼前，開始拍攝。比利點燃一根摻有快克的菸捲，深深吸入一口，最後吐出來。他看著藍灰色的輕煙飄散。

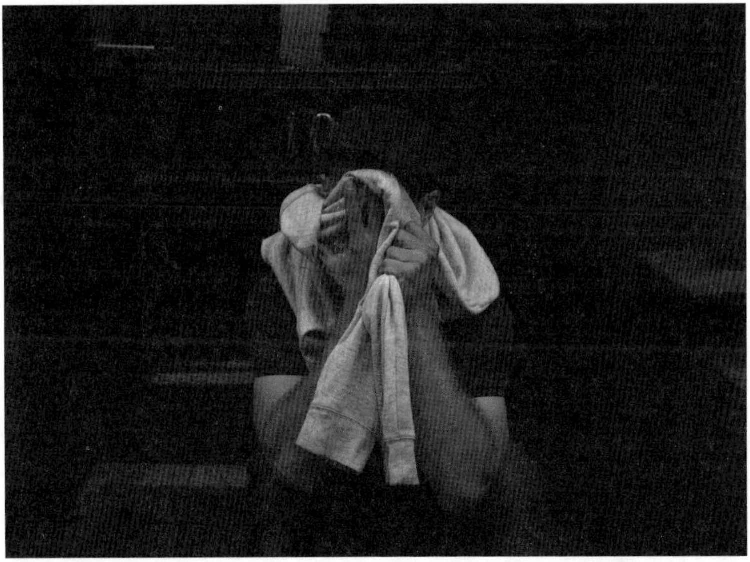

巷子裡的比利

他往後一癱，閉上眼睛。「我想要你拍一張，一張煙的照片。」

我再度舉起相機，他重新點燃菸捲，我拍下更多照片。

我心想，他會這樣送命的。

2014
10.24

於阿姆斯特丹。

在阿姆斯特丹度個小假，這是奧立佛最喜歡的地方之一；我是第一次去。

前一晚，他和同業晚餐，鼓勵我自己出去走走，探個險。所以我就去了。

不知道該從哪裡開始。原來想的是，就從叫部計程車到餐廳開始，或者從餐點本身開始——可口的食物，可愛的女服務生。要不然，可以從我結束的地方開始，在一間昏暗的酒吧待著，直到凌晨四點。或許自己走路回飯店，繞個遠路穿過紅燈區。但所有這些都是以後的事了。因為這會兒我有一個紐約式的小故事，只不過背景是阿姆斯特丹。

飯後，我坐在運河旁邊，抽著昨晚在一家「綠色餐館」弄到的大麻菸捲。我整個人飄飄然，然後進了餐廳對街一家酒吧，就是餐廳女服務生口中全阿姆斯特丹「最棒的」的酒吧。裡面很擠，擠到讓人很不舒服，但裡面的荷蘭年輕人無不華衣麗服，青春洋溢。好不容易找到角落一張桌子，和兩個令人眼睛一亮的年輕美女聊了起來。我們聊了一會兒。我把手機上自己拍的一堆照片秀出來。但說老實話，才講沒多久，其中一人，寶琳，長長的金髮挽在頭上，突然對我說，就我記憶所及完全是天外飛來的一句話：「我要寫一首詩，給你。」

「真的？」

從她的表情看來，彷彿我問她是不是真的，頗有點讓她不悅。「當然！」她斬釘截鐵地說。我對寶琳說，這種情形我以前也碰過——實際上呢，有過兩次，都是在紐約街頭。但她看來不以為意——也沒有驚訝的意思。

她在包包裡找了一枝筆，躲到角落去。另一女子和我在她寫詩的時候繼續聊。我不時望過去看她，她也會回眸凝視我，十分專注，幾乎有點凶狠的意味，那樣子與其說是為某人寫些東西，還不如說有如一頭狩獵中的動物。終於，大約二十分鐘後，她回來加入我們的小桌子，遞給我為我寫的詩，詩寫在一張廣告紙背面，然後在酒吧的喧鬧中，以及我剛買的不知第幾巡的酒之中，她為我朗讀那詩：

選擇
你做了
也就是接受了
你所不
知道的
儘管你
閱讀，思考，討論
乃是你所做過的
最佳
決定
因為從此
以後
你欣賞
人們

生命
有如
一飲
你懂得了
熱愛生活

——寶琳

2014
11.02

回家途中：要去找些東西吃的路上，順道到阿里店裡看看，時約九點。我幾乎連門都進不去；他店裡有四、五個客人。我們打過彼此熟悉的招呼：「哈囉，先生……」我告訴他我要回去，來看看雜誌。站在外邊，我聽到一對有點嬉皮風格的年輕情侶問阿里幾個有關樂透彩券的問題，接著，出乎我意料地（因為他們看起來不像有很多錢的樣子），要跟阿里買一百塊錢彩券。他完成了這筆交易。他們離去。店裡還有蠻多人，這時有一個年輕人晃進來，四下裡看看，對阿里說：「你這裡賣什麼？」

「你問我賣什麼，是什麼意思？你看起來我是賣什麼的？」年輕人回看著他，彷彿在等待另一個不一樣的回答，然後轉身，迅速閃出門去。我放下雜誌，走到櫃檯。「那個有點怪，」我說，「你常碰到這種的？」

「我什麼沒碰到過？」阿里說。

店裡很快都沒人了，除了一位買樂透彩的仁兄。看到我就站到那人附近，阿里說：「這就是那位仁兄——**報紙**報導。我跟你談起過的。」

「你就是那個在《紐約時報》寫阿里的故事的？」那人說。

「是的，你看過？」我伸出手，我們握手。

「我當然看過，」他回答，「這傢伙可樂壞了！」他指著眉開眼笑的阿里，但又挖苦地加上一句：「你的心地太善良了。」

我問他什麼意思。

「他並不是對每個人都那麼好，對我就不是，而我來這裡已經有六、七年了。」說時臉上帶著微笑，看得出來是在打趣，但也不失認真。這人年歲稍長於我，或許將近六十，一副勇悍模樣。「我們曾經吵得很凶，阿里和我，」他說，「相信我，你的心地太善良了。」

「爭吵什麼？你們都談些什麼？」

他轉著眼睛。「什麼都談，宗教、政治。我不多講了——到頭來有可能上《紐約時報》，對吧？」

說得阿里也笑了。「沒錯——下一篇文章。你講話可要小心了。」

我覺得有點不自在，想要改變話題。問他有關樂透彩券的事——他是否每天買等等。他握著一疊現金。看起來有點防備。「是啊，每天。」接著又再次說他不想多談這事——到頭來有可能上《紐約時報》云云。倒是他和阿里順著這個話題談開來了，你一言我一語的。就在這時候，我從口袋裡拿出相機；心裡冒出一種說不清楚的感覺。我突然想要拍一張阿里。「阿里？可以嗎……？可以拍你嗎？」在他們談話的空檔我說。

「不要，」他說，很認真地，搖著一根手指頭。

「他不會讓你拍他的，」那人說道，「我試過了，我是攝影師。」他看我一眼。「這跟穆斯林有關。」

阿里馬上惱怒起來。「這事無關穆斯林！我跟你講過的，你偏不聽。我從未講過『這跟穆斯林有關』。那是不對的。」

「你胡說些什麼？不過幾天前，我想要拍你一張照片，就在這裡，你說：『不要，穆斯林不可以這樣。』」

「不對，我不是那樣講的。我是說：『那牴觸了伊斯蘭』，整個伊斯蘭：別人給你拍照，那是不對的。那沒有生命，有如偶像，沒有生命。」

話來得雖快，但彷彿我把阿里的話按了暫停：**那沒有生命**，**相片沒有生命**。

我深深注視著他，點了點頭，心懷敬意。另外那個人卻嘮叨不停。我找機會插話進去，試著緩和一下氣氛。我對阿里說沒有關係，我完全了解，我要給人拍照前一定會先問他們。我從手機上叫出我的Instagram網頁，把手機遞給阿里看。他瞇起眼睛開始滑動相片，偶爾停下來，點著頭。「不錯，非常好。」他低聲喃喃。

另外那個人開始問我問題，我不記得他問了些什麼，而且眼角瞄到阿里舉起手機並點擊了什麼。「還你。」他把手機還我。

他拍了我，我心想，**喔**，**真不賴**，**正是我最不想要的**。我點開手機上的攝影程式，左下角出現一小幅縮圖：他拍的不是我；那是他自己；他點了調轉鏡頭的按鍵，然後自拍。我抬起頭，向阿里點頭示意。他回我以微笑；很顯然，這是有意的。我想說些什麼謝他，但瞬間知道不可造次。另外那位仁兄一定會把這事鬧大。於是，我將手機塞進口袋，跟阿里握手——「晚安，先生！」——和另外那個人握手，然後打道回府。

當晚更晚些時候，約莫十一點三十分，我回到店裡。「阿里，謝謝你，謝謝你的相片。」

他微笑，但神情嚴肅。「我從未這樣做過。我從未為任何人這樣做過，除了你。就像我說的，在伊斯蘭，不能——不能拍照，除非在自己家裡。只能拍家庭照。」

「我了解。謝謝你，兄弟。」我說。

我們握手，然後我回家去。

〔譯註〕

1. 譯註：威佛利（Waverly），紐約市曼哈頓格林威治村的一條小街。

每個人自己的莫內

一個星期一，丟下工作，帶著兩個姪女到大都會美術館去看蓋瑞．威諾葛蘭[1]攝影展。在紐約，若要翹班，在我看來，沒有比這更棒的了。

眞希望自己身上帶了一本同義字辭典，因爲沒過多久我們就發現自己詞窮了。例如，一幅凍結了曼哈頓街頭雜耍藝人跳躍凌空的作品，讓我們三個人在驚豔之餘，一致認爲這便是「太驚人了」（amazing）的絕佳典範。下一幅，我們也這麼認爲。再來，也一樣這麼讚嘆。展出作品共一百七十五件，在觀賞了一開始的十幾幅之後，我們決定不要再用那個字眼來形容每一幅作品。我們的形容詞有美麗的，不可思議的，歡樂的，不尋常的，非常哀傷的……這樣一路下去只持續到第二展廳，我們就又回到A開頭的評語。

「這眞是……太驚人了。」凱蒂說。她十八歲了，夢想成爲攝影家，面對另一個布朗克斯在地藝術家展現街頭攝影的特殊才華，她彷彿無從應對。我心有戚戚焉地點點頭。在這個飽受棘手難題摧殘的世界——警察槍殺事件，伊波拉病毒肆虐，各地的內戰升高，飛機從天上掉下來——對藝術作品缺乏足夠的同義詞彙來形容，還算是件無傷大雅的事。

到最後一個展廳時，我問凱蒂，哪一幅作品她最喜歡。她便帶著我回到那一件讓她在同義字上詞窮的那一幅。她的妹妹艾蜜莉，十四歲，已經跑去逛館藏的歐洲繪畫，這時也拉著我去看博物館中她最喜愛的作品：一幅莫內一九一九年的睡蓮（她生平第一次看到）。

就在這時候，我讓兩個女孩分享了我的祕密：一切都可以是你的。無異於愛上一首歌，你也可以愛上一件藝術作品並宣稱自己擁有它。擁有，不是憑空得來。你必須花時間與它相處；在不同的時間，白天或夜晚，去觀賞它；將全副心思投注於其上。這樣的投入必有回報，每次觀賞都會有新的發現——譬如，背景的一處細節，一個緊鄰畫框邊緣差一點被裁切掉的人，或畫布上一小塊沒有塗到的地方，是刻意留下的，我們或許可以推想，這或許是在提醒我們，不要把所有塗抹的地方都視爲理所當然。

這道理不僅適用於紐約人而已，同樣也適用於任何人，任何有藝術作品可以造訪的地方——藝術之爲物，就我看來，是相對的。事實上，屬於你的莫內也可以是一塊未經雕琢的寶石或礦物元素。呈現大自然歷史的博物館充滿著美，有待我們去接納，去認養。保持警覺。

下一次，一具腐朽殘破的埃及木乃伊跨歲月而來與你對話時，不要走開。多留一會兒。花些時間與它相處。給它取個恰當的名字：你的。

但千萬不要操之過急。你必須確定自己確實沉湎陶醉於其中。一旦到了這個境界，自會開竅。兩年前，陣亡將士紀念日，我與奧立佛——一個自稱對藝術一竅不通的人——在現代美術館盤桓多時。當時，行爲藝術家瑪莉娜・阿布拉莫維奇[2]坐著，與美術館觀眾進行眼神的互動，爲了探索這位行爲藝術家作品的價值，奧立佛挖空了心思。面對巴內特・紐曼[3]巨幅亮紅的《大勇大美之人》（*Vir heroicus Sublimis*）時，卻讓他整個人激動不已，痛批抽象表現主義的做作。

見到這個情況，正好讓我帶領奧立佛到另一層樓的另一間展廳，引導他去到畢卡索早期一幅粉紅色調的作品面前。他露出來的那張笑容，甚至連愛德華・孟克[4]都不會放過。而且他在那兒一再流連，不忍離去，簡直成了畢卡索《牽馬男孩》（*Boy Leading a Horse*）不請自來的守衛。

「它是你的了，」我說，「恭喜。」

遷居紐約以來，我一直在增加自己的收藏。數年前，大都會美術館舉辦法蘭西斯・培根

[5]回顧展，他的一幅裸體畫使我大爲傾倒，我也就將之據爲己有。這幅作品借自歐洲一家美術館，深知自己可能再也無緣與之相會，更加強化了他那無可抗拒的魅力。我的裸體培根與我之間的遠距戀情就此糾纏，永無盡期。

通常，我偏愛那些遭到忽略，塞在陰暗角落的作品，或出於所謂的美術館的「約翰．道伊」[6]之手的作品——作者不詳的作品。我可能會把一套中古世紀的鎧甲據爲己有，正如我以一個鮮爲人知的黛安．阿布斯[7]自居那樣。我強迫自己走進那些自己平常不會有興趣踏入的藝廊。往往，這成了我尋獲上上珍品的寶庫。我強烈排斥博物館指南，勇於與迷失方向鏖戰，並樂在其中。直接將觀衆引導到歷來的大師作品面前固然沒有錯，但我相信，更爲美妙的莫過於徬徨於藝廊的迷宮，迷失出路之際，突然發現了自己，正如某個星期六晚上，我與奧迪隆．雷東[8]的一幅花束面面相對，那新鮮欲滴幾乎讓我以爲油彩尚未乾透。

以這種方式擁有藝術，最可貴的或許是：我的可以是你的，反之亦然。事實上，艾密莉選上的那幅莫內，就算是有半個紐約市的人宣稱所有權，我也不意外。然而這分毫無損於她的擁有。

我帶著她走近她的新歡：「艾蜜莉，來，見見妳的莫內。莫內，這是艾蜜莉。」

她並未詞窮：「哈囉，美麗的。」她如此輕聲細語著。

【譯註】

1. （編註）蓋瑞・威諾葛蘭（Garry Winogrand, 1928-1984）出生於美國紐約，以專門拍攝紐約街頭人物著稱，為聞名的街頭攝影家。
2. 瑪莉娜・阿布拉莫維奇（Marina Abramovic），南斯拉夫裔美國行為藝術家，自一九七〇年代活躍至今。有「行為藝術祖母」之稱。
3. 巴內特・紐曼（Barnett Newman），美國畫家，抽象表現主義開創者之一。
4. 愛德華・孟克（Edvard Munch, 1863-1944），挪威表現主義畫家。其名作《吶喊》至今仍為表現主義經典之作。
5. 法蘭西斯・培根（Francis Bacon, 1909-1992），愛爾蘭裔英國畫家，英國哲學家法蘭西斯・培根的後代。
6. 約翰・道伊（John Doe），法律上的無名氏或匿名者。
7. 黛安・阿布斯（Diane Arbus, 1923-1971），美國攝影家，多以社會邊緣人為作品主題。
8. 奧迪隆・雷東（Odilon Redon, 1840-1916），法國象徵主義畫家、版畫家。

飲茶時間

Notes from a Journal

隨筆日記

2014
12.01

在街角那家鐘錶店待了將近五個月後，奧立佛心愛的老爺鐘（他母親的）終於回家了，完完整整，七、八年來第一次再度運轉。走得好極了，只不過，並不完美。

昨天晚上，時候一到，時鐘鳴響，把我們都嚇了一跳（我們都還沒習慣）。奧立佛和我仔細數著鐘響。只見他臉上綻放燦爛笑容，說：「啊！真是古怪！之前，四點的時候響了十下，這次，九點卻響七下。」

我們都笑這實在很像家裡有了一個上了年紀的爸媽，有點「神經神經」，有點糊塗，偶爾忘東忘西……

2014
12.21

星期天，非常陰冷、灰暗的星期天：

奧立佛和我包得嚴嚴實實去散步，我們沿第四街一路走到克里斯多佛，走得很慢，小心翼翼，留意人行道和區隔人車的突起石塊上的冰及裂縫。奧立佛心情很好。他剛完成了他新書的校訂：回憶錄；已經送去了諾夫出版公司（Knopf）；我想他應該覺得卸下了心裡的重擔。在那本書裡，他談及他自己的性傾向及私生活，包括我們的關係，這是前所未有的。他做到了！證據就擺在他的桌上：一疊至少十五公分高的手稿——**「我的一生」**（*My Own Life*），這是他打算用的書名。「這書涵蓋了你的一生。」不加思索地，我說。

「那只是我的一**部分**人生。」奧立佛慎重其事地更正，特別強調一**部分**。「遺漏不是沒有，但全都是事實。」

沿第四街往下走到麥納提[1]買些咖啡，這條路我們走過許多回了，在各種不同的天氣，不同的光線……

「看那棵樹！」我說，停下腳步來，一手扶到他背上確保他往上看時站得穩當。

「啊，是的，真壯觀。」他低聲說。那棵樹高聳，巨大，枝幹盤虯多瘤，向所有方向伸展

——指西，朝東，上突，下刺。有一部分為藤蔓覆蓋，主幹下半部圍上了聖誕燈飾。

「有很多東西長在上面。」我說。

「的確。」奧立佛說。

我們繼續走。他講，我聽。在家裡，他若無其事地講了些事情，卻都十分吸引人：「我發現自己對正向病理還蠻感興趣的……」

「『正向病理』？那是什麼東西？」

「譬如偏頭痛前兆、抽搐、痙攣、癲癇發作時會出現的閃電狀影像，是過度的、過度增大的生理現象，而非喪失、匱乏。」

我理解；這有道理——他自己就是過著一種過大的生活。我們邊走，他邊談起更多這方面的東西。我覺得這是一篇論文的材料，可以增添到他一直在構思的「日常生活神經生理學」文集裡。但談話儘管嚴肅，卻不妨礙我們欣賞景緻。我們看到許多漂亮的燈和裝飾（「那些真是與高采烈呀。」他說，看著一堵鐵欄杆圍牆上的綠色植物及燈飾）。一個院子裡的一棵小樹，裝飾著圓形玻璃燈泡。家家門口花環點綴。

住在這個村子裡，我們覺得很幸福。

我們回憶難忘的散步：「你還記得那個小男孩嗎？那個印地安小男孩，」我說，

「我給他拍照的那個？」

「啊，記得。他不僅特別上相，還很會擺各式各樣的姿勢。你以為他那是天生的嗎？」

我不覺失笑——什麼臉書啦，Instagram啦，奧立佛一概不知。「不，我認為那鐵定是一個後天教養的案例。」

我們發現一條寬大、乾燥的人行道，空無一人，足以讓奧立佛覺得自在，他便放開我的臂膀，自己走起來。到了布里克爾（Bleeker），又挽著我的手臂。我牽引他向左轉。

「你看，你看，這裡很眼熟，我卻不知道身在何處。」奧立佛說（這話我聽得多了——奧立佛和他的認路障礙，他的路盲一如臉盲）。這時我突然想到，對這個村子的認識只怕我比他還要清楚，這其中代表了些什麼，因為我來這裡才不過五年。不過我走過的路多。街道名字我或許不清楚，但我知道怎麼從這裡走到那裡。而且我認得每個人。

我們右轉克里斯多佛。不久便推門進入麥納提，世界上我最喜愛的地方之一。我依然記得，這裡是奧立佛介紹我來的。裡面格外溫暖，而且擁擠（擁擠有助於提高溫度）。等待的時候，一個高挑的婦人對奧立佛說：「我喜歡你的手杖！」

他謝謝她，還舉起手杖讓她欣賞把手，那可是整個「覆上袍子的」（奧立佛用語）——上頭紮滿各種不同顏色的橡皮筋。

「收集這些花了你多久時間？」她問。

「大約十分鐘。」他說

「真沒想到！」她笑著說，

「我收集了很多。」他說，口氣帶著點自豪。

奧立佛示範橡皮筋如何讓手杖倚靠在別的東西上時不致滑倒。「一個物理治療師教我的！」

我們買了三磅咖啡——以及一盒茶包、兩塊茶磚，是他要去強納森家和尼克家的禮物，另外還有一些咖啡口味的糖果——奧立佛要去華盛頓特區他姪子那兒過聖誕。全部一百二十五元，花在一家咖啡店，還真不是一筆小錢。奧立佛絕不是個亂花錢的人，但為了這些事，雖然不是常有，他卻捨得。

向店內所有紳士們道過佳節快樂並致謝。我們出來往北走向哈德遜，如同其他街道，由於酷寒，街上空無一人。奧立佛不停講著，旁若無人，在我看來，好像在發表他自成一格的「聲明」。譬如，突然說：「我發現自己對自動症[2]還蠻有興趣的。」

我用手肘戳他一下：「只有奧立佛・薩克斯才會這樣說！」他笑起來：「啊，有何不可？那很有意思的。那是體內動態平衡[3]發出信號的特徵！」

2014 12.25

跟人在華盛頓特區的奧立佛通話——「聖誕節快樂，」以及類似的話——他聽起來很累，說他覺得人不舒服。明天回家。希望他沒事。十天後我們要出去旅行一趟。

2015 01.12

昨晚從聖克羅伊[4]回來——生日旅遊。我五十四歲了（跟氙的原子序號相同，所以奧立佛送我四個氙閃燈）。聖克羅伊天氣和暖，陽光普照，我做了幾次水肺潛水，我們每天游泳，一切都好，但回到了家我才放下心。奧立佛大半時間都覺得不舒服——噁心、疲倦、久睡。我們最後一刻差一點取消旅遊。出發前兩夜他告訴我，他尿出「暗色的尿」。我存疑，因為他有慮病症，縱使情況良好，這也是他承認的。但我看得出來他很擔心，便叫他尿在乾淨玻璃杯子裡讓我確認，等他拿到廚房來，我嚇到了，他的尿是可口可樂顏色。但在聖克羅伊期間，尿的顏色好像清澈了些。縱使如此，出發旅遊前他還是約了醫生。

後來：

奧立佛看家庭醫師回來，醫師認為他有點膽囊發炎，也許是膽結石。做了超音波，但還要做更多檢查。

2015 01.15

奧立佛的醫師來電：「有特殊的發現。」緣由：昨天電腦斷層掃描的結果。所以：我帶他去斯隆凱特林（Sloan-Kettering）看放射科醫師。他們今天下午就想見他。

「譯註」

1. （編註）麥納提（McNulty）是一家有百多年歷史的咖啡、茶葉經銷商，一八九五年即在紐約開張，所售商品來自全球各地。
2. 自動症，指人們明顯處於一種無意識或不能控制自己行為的狀態。
3. 體內動態平衡，指生物、活細胞、組織等，在外部環境變化的情形下，保持內部不變或平衡狀態的能力或傾向。
4. 聖克羅伊（St. Croix）是加勒比海小島，度假勝地。

但是……

斯隆凱特琳是一家癌症醫院，但癌症並未掃過我心頭。我依然指望只是膽結石，心想，最糟也不過就是奧立佛拿掉膽囊。我記得，醫師進入看診室時帶著一個年輕的醫師同事（來自義大利，我認為），而且那年輕人看起來很緊張。醫師開門見山，告訴我們他仔細看過了電腦斷層掃描，雖然還要做切片確認，不過診斷可以百分之九十確定，說他覺得情況「棘手」。我記得那個字眼：「棘手」。他問奧立佛要不要看電腦斷層掃描。奧立佛說，當然，說著便坐到電腦螢幕前。我起身站到他後面，他滑動椅子靠近以便看得見。

後來他告訴我，他當下就知道掃描透露了些什麼。我卻一竅不通，所以當放射科醫師說明我們所看的是視網膜黑色素瘤復發時，我大吃一驚。那是九年前奧立佛右眼色素細胞所出現的癌症，隨著時間過去，已經轉移到肝臟，腫瘤讓肝臟「有如坑坑洞洞的瑞士起司」。他放大螢幕上的影像，白色斑點——腫瘤——大到有如打孔器打出來一般。像這樣的情形，基於癌細胞有可能蔓延，以及奧立佛的年齡，醫師說，肝臟切除或肝臟移植都已經不可能。

肝臟移植？我心裡想。

最令我震驚的是，奧立佛平靜面對這個訊息。好像他早就預料到了似的，或許他還真是如此。他稍微歪著頭，捋著鬍鬚，問他的預後。醫師說：「大約六到十八個月。」

「沒有有效的治療？」

醫師既不說沒有，也沒說有。他解釋了能夠做的事有什麼，任何可能的事都會去做，一個腫瘤小組已經待命，他才剛和一個專家通過電話，諸如此類的，但奧立佛打斷他。他說，「為延長生命而延長生命」，他絲毫不感興趣。他已經有兩個兄弟死於癌症（不同類型的癌），兩個人都後悔做了可怕的化學治療，除了毀了他們人生的最後幾個月，一點作用都沒有。

「我要的是能夠寫作、思考、閱讀、游泳、和比利在一起、看朋友，如果可能，小小的旅行。」奧立佛接著又再加一句，說他不希望承受「恐怖的疼痛」，或陷入「尊嚴盡失」的情況，然後便不發一語。

我看了看站在門邊的年輕醫師；他汗水濡濕了眉毛。我右手伸向奧立佛肩頭，左手扶著椅子穩住自己。

我確定我們詳細討論了下個星期來醫院做肝臟切片的事。一位護士進門來。我們得檢視一些文件。但我不記得之後又討論過些什麼。我不清楚我們怎麼回到樓下停車場，然後我開車載我們倆回家。當時天色已暗，車行甚慢。路上，奧立佛打了幾個電話，平靜地把消息告訴了他最親近的人，奧里恩及凱蒂。聲音裡僅有一次出現強烈的情緒。給凱蒂的電話裡，他毫不含糊地說，他希望剛完成的回憶錄能夠盡一切人力之所能盡早付梓；原本已經排定在秋天，那是九個月以後的事，他說「太遲了」，他會看不到。凱蒂說，她會馬上聯絡他的出版公司及經紀人。我記得，只要手能夠離開方向盤，我就握著奧立佛的手，心裡明白，無須言明：我們的人生以及他的人生和我的人生，全都已經改變了，不管我了不了解。我只是開著車。

★

和醫師見面的那天是星期四。第二天，我們中午去游泳，一如每個星期五，然後一起度過一個安靜的週末，散步、看書、聽音樂、去阿賓頓廣場的露天市場、做飯，兩個人都努力接受這巨大的衝擊。奧立佛請教了幾個同業，包括多年前處理過他的癌症的眼科醫師；他恰好也看了奧立佛的電腦斷層掃瞄。這一類復發一般極為少見，但他們一致同意初步診斷的正確性很高，而且治療的選項不多。

星期六晚上，我們用了大麻——只是當作一種轉移心思，不去想那些難以想像的事。奧立佛不喜歡抽菸的方式，偏好可以吃下去的大麻巧克力，那是我一個朋友勞拉製作的，她是個專業的糕點師傅。那可是既美味又強效。奧立佛變得異常開心，搞笑，活力十足。

「你看到了什麼？」過一陣子我問，他正躺在躺椅上。

「那可得用一分鐘讀一百頁的速度來說才說得完。」他說，煞有介事。

過了一會兒，他笑嘻嘻地報告：「我的視野整個變了！睜開眼睛看我的身體，看到的只有我的腳——我那雙大得滑稽又扁平的人類腳丫子。它們看起來五彩繽紛！」

「什麼顏色？」

「啊！各種顏色！」

我們笑成一團，說到笑，奧立佛就認爲笑對人們大有好處——刺激產生愉悅的神經化學物質——因此，對我們這樣的一對伴侶很好。兩個小時後，這種基本上無害的愉悅效果消退，我們便去沐浴，在他那巨大的浴缸裡共用一缸水，一邊聽著音樂，啜飲我們最喜愛的酒，冰島黑死酒。

★

整個週末，奧立佛講了好幾次，說想要寫「一篇小文章」，談他的診斷結果。到了星期日晚上，我們做了晚餐並吃得一乾二淨之後，他拿起一小本記事本和他的自來水筆。他在記事本最上端寫下：「悲傷、震驚、可怕，是的，」每個詞都劃上底線，「但是……」。

（奧立佛常說，「**但是**」是他最喜歡的字，彷彿一種字義上的丟擲銅板，因為它讓人思考一個論點、一個主題的兩面，還帶著一種凡事著眼光明面的意味——這是他本性中的一部分，如同他的羞怯及猶豫。）

接下來，他列出八個半保持希望的理由：在最有理由覺得自己倒楣透頂的時刻覺得自己是幸運的。

他寫得很快，邊寫邊唸出聲來，然後用紅色簽字筆修改了一兩處。一寫完，馬上將記事本遞給我，要我唸出來：

但是……

1. 死得簡單（相對來說）
2. 有時間——「完成」生命
3. 愛的支持（比利，及其他人）
4. 書完成了（終於打開了自己）
5. 更多好的作品
6. 可以享受了
（6—A）MJ合法了
7. 有最好的醫師、治療等等
8. 有精神治療的支持

我不覺哽咽，他所面對的，以及他與我兩人一起面對的一切現實，都讓他那寫在紙上的文字如此具體呈現出來。我也感到驚訝，他能夠集中思慮寫出來，這樣沉著，這樣坦率，寫得這樣有說服力。不像我——比較多愁善感——奧立佛的性情基本上是快活的，而這份清單

——包括製作成一份清單，一個秩序、結構井然的世界，一如他心愛的元素週期表——眞可說是恰如其人。

自己身爲醫師，有些死亡苟延殘喘超出預期的時間，其悲慘生不如死，他必定看過的比一般人多，而且他必然知道——考慮過一切情況之後——還有更糟的死法（譬如肌萎縮性脊髓側索硬化症，又或如腦炎後遺症，他的作品《睡人》裡面的病人便遭其荼毒）；因此，肝癌這種病，死起來（相對）簡單，除非轉移到骨頭或肺部，那就另當別論。

對我自己來說，我特別感激清單的第二項，如同我對奧立佛所說的：「我感謝我們還有時間，至少擁有比較多的時間相聚，無論那是多少。縱使只剩下這個週末，縱使這個週末就是我們全部的所有，也多過我和史蒂夫的最後時刻。」

他理解，也同意。但對他來說，「時間」卻意味著更多：有時間按照自己的定義「完成」自己的生命，終於透過回憶錄公開承認自己是同志，有時間看到書的出版，有時間寫自己想要寫的東西，有時間安排事情就緒，這些時間是突如其來的猝死或阿茲海默症之類緩慢消亡的疾病所不能給予的。

至於第六項，「享受」，打一開始其重要性就不遑多讓，而且他帶著一種惡作劇的幽默，回來在清單上加上「6—A」，指出「MJ」——也就是大麻（marijuana）——現在合法了，醫療上的，使用時無須再背負任何罪名。

我保留著這份清單，因爲，這八項半的原則可以給予他（和我）引導，度過往後的數個月。這也成爲他撰寫短文〈我的一生〉（My Own Life）的藍圖，這篇文章同樣是在餐桌上誕生的。

在他快速寫下這份簡短清單之後的兩或三個晚上，我問奧立佛，他心裡對那篇構思中的短文有什麼想法。

「啊，讓我想一想……」他停下來。「我想我會這樣開始，先提到一個月前，我覺得自己還很健康。但是……現在，我的運氣用完了……」

「等一下，」我打斷他，「等我拿支筆。」

我取了筆，又拿了一本記事本，匆匆寫下他剛才說的。「好了，繼續。」

奧立佛重新開始，聲音比較自在了：「一個月前，我覺得自己還很健康，甚至可以說是健壯。但我的運氣用完了——上個星期我發現自己的肝臟有多重轉移。」

從那以後，奧立佛口述了整篇文章，幾乎也就是最後見諸《紐約時報》那篇文章的逐字稿，兩者之間唯一的差別在於，他的原稿引述了他喜愛的哲學家大衛・休姆[1]蠻長的一段話。我心裡清楚，過去幾天，他一直都在腦子裡「寫」這篇文章——此刻，一段、一段結構完整的段落就此源源湧出。這眞是驚人。我用筆書寫，盡我所能地快速跟隨他的口述，當晚就打好字，第二天清晨拿給他。他花了幾天潤飾，凱蒂和我做了初校，然後他卻把它擱到一邊去。他擔心他的情緒太過於強烈，也覺得此時將消息公諸於世太早，因爲他大部分的家人和朋友都還不知道。

雖然不做任何實驗性治療，奧立佛決定做一種名爲栓塞術的手術，藉由切斷肝臟腫瘤的血液供應將腫瘤殺死——但只是暫時性的（他們告訴他，腫瘤無可避免會捲土重來）。外科醫師將進行兩次手術，分別在肝臟的兩邊，好讓兩次手術間可以有幾個星期復原。大量降低「腫瘤負擔」的結果，使他有更多個月可以活力充沛地過生活。

第一次栓塞術預定在二月中。就在我們在醫院等待他進開刀房時，他突然叫住凱蒂和我，說他覺得是把文章送到《紐約時報》的時候了。我們兩個都沒有多問，就只是說好。於是我到醫院一間洗手間用手機打給《紐約時報》我們的共同編輯，把奧立佛的末期診斷告訴他，並要他保密。奧立佛進開刀房後，凱蒂用電子郵件將文章傳給他，幾乎立刻就有了回應：他們將在明天刊出。我們要求再緩一天——先讓奧立佛平安度過手術——他們同意了。

奧立佛的文章〈我的一生〉定於二〇一五年二月十九日刊出。

「編註」

1. 大衛・休姆（David Hume, 1711- 1776）為出身蘇格蘭的哲學家暨歷史學家，信奉經驗論，認為人類知識來自所見所感，其思想對歐洲哲學有重大影響。

〈我的一生〉

2015
02.17

術後恢復：唯一能讓奧立佛短暫忘記疼痛的，就是我為他讀一本談元素的書。切斷肝臟腫瘤的血液供應看來沒什麼害處，但身體卻全力抗拒這種侵犯。他不斷扯掉醫院的病服，因為實在太痛，即便是薄薄的棉布料子都令他痛苦不堪。年輕女護士大感困窘，一再幫他蓋上。

到了某個時候，奧立佛氣得大喊：「如果醫院不能讓人光著身子，還有哪裡可以?!」我聽到走道上一個護士也跟我一樣笑了起來。

等到嗎啡發揮作用，他也入睡之後，我拿一條毛巾蓋住他的生殖器。

直到午夜，我們才有了一個病房。

2015
02.24

——住院六天後回到家

「我要到床上去躺著，來，來跟我說說話。」奧立佛說。

我蜷縮在他旁邊，一手放他胸口，一腿擱他腿上。他眼睛閉著，有一刻我以為他睡著了，但並沒：「當你無法分辨己身之所止、他身之所始時，那是原始狀態，還是進化的徵兆？」

我將他拉近，讓他頭枕著我胸口。

「兩者都有一點吧，」我低聲說著。

2015
02.27

帶了幾封回應奧立佛《紐約時報》文章的來信及電子郵件給他：

我：「這些讀來感覺如何？」

奧立佛：「很好！」

我：「還有八百多封哩。」

奧立佛：「我全部都要看。」

2015
02.28

六點二十醒來，去看奧立佛。令我吃驚的是，他居然躺在被子上，雙手置於小腹，眼睛瞪著天花板。噢，**不，難道他一整夜都這樣**，我心想，**徹夜未眠**？

他聽到我的動靜，知道我站在門口。

「我在想腦幹的問題。」他說，聲音清朗有力。

「是噢？」我輕手輕腳進了房間，上到他床鋪。他用右臂摟住我。我可以聽到他緩慢穩定的心跳——一顆泳者的心臟。

「沒錯，你瞧，」他眼睛閉著，彷彿正讀著心裡的書頁，開始極其詳盡地描述自主神經系統的作用，然後漸漸收攏到一個主題：「失調的一般感覺」，亦即身體出現最微小變化時——無論其為腸道的、血管的、賀爾蒙的、神經的、細胞的，「凡你所有的」——所引發的「連串銜接而來的不適」。他用偏頭痛來說明此一概念。

他一口氣講了三十五分鐘。我本想起身去找錄音機，但如此一來可能打亂了他的思路。

終於，他總算停了下來。「所以，你瞧——只不過幾個早上就想到這些。」自己輕笑起來。

「只不過幾個。」我親一下他臉頰。「你應該寫下來。」我說，語氣堅定。「何況你已經有了題目：『失調的一般感覺』。」

他表示同意。

我們一起沉默了半分鐘。

「現在，你可以好心幫個忙嗎？可以幫我的小水瓶加滿水，然後幫我拿奧美拉唑[1]？還有，我的眼藥水？」

「沒問題。順便問一聲，睡得好嗎？」

「非常好，謝謝。」

2015
02.--

開心，真是開心，回到游泳池了：

奧立佛，游到水道盡頭，轉過來對我說：「咱們多來幾次。」

我：「是！」

這幾個字正是我們現在生活的核心：咱們多來幾次。

2015 03.02

奧立佛做切片的同一天，聽說阿里的店關掉了。同樣老掉牙的紐約故事：房東調漲租金，他的老闆只好關店。幸運的是，他還有那間「姊妹菸草店」，在往下半個街區的地方，現在阿里就要到那裡去工作。但那間店如果也撐不下去，就只有認了。

「只有在美國，才會發生這種事。」幾個星期前，他告訴我這個消息時憤怒地痛罵。「在我的祖國呢？你祖父有一家店，接下去就是你父親的，再來，就是你的。但這裡呢？」他搖著頭。「在這裡，你可以經營它十年，二十年，三十年，但卻不是你的。」

我聽著，心有戚戚，試著勸他往好處看。「也許最後一天弄個派對熱鬧一下，」我說，「鄰居都會來。」

阿里像見了鬼一樣。「都輸了，還開什麼派對！沒有人會來的。只有贏了才開派對。我們另一家店開張就會開派對。」

「你是說，第八大道市長在新總部就職的時候，」我說，逗著他玩。

「沒錯，」阿里說，「沒錯。」

現在，他們正在做吃力、費勁、骯髒的苦工，打掃、淨空店裡，外加拆除舊裝潢。我今天路過去看了一下。亂得一塌糊塗。阿里、鮑比和他們的老闆（一個講話細聲細氣的印度紳士，名字我怎麼都記不住），看起來累到不行。我問事情進行得如何。

「整個都翻過來了，」阿里說，「一點都不輕鬆。」

然而，然而……阿里加上一句，說到他們三個人。「一個穆斯林，一個印度人，一個錫克人：你瞧，我們都在這裡。每一種人都一同工作。回到家鄉，每一種人都彼此打架。」

No Date

奧立佛詳細審閱他的書的清樣：

他堅持劃掉校對編輯為他文中不常見的用語和詞彙所加上去的說明和解釋，他說：「讓他們自己去查！」意思是說——要讀者做點功課。去查字典，去上圖書館！

2015
04.02

我不小心讓一盒櫻桃番茄掉落到地板上，奧立佛：「真漂亮！再來一次！」

我照著做了。

奧立佛：「你的朋友一定吵死了要見你。」

我：「也許吧，我不知道。這裡才是我想要待的地方——和你。」

奧立佛：「瘋了。但感恩。」

回到家，二〇一五年三月

2015
04.22

奧立佛：「我們可以盡己所能去做的就是寫作——帶著見地、創意、批判、喚醒人心——寫出生活於當今世界的真實面貌。」

〔譯註〕

1. 奧美拉唑，一種藥物，用於治療胃食道逆流、胃及十二指腸潰瘍和胃泌素瘤。

凡我所沒有的

下面要講的故事，對我來說可說是家常便飯，完全驚擾不了我。不過話又說回來，我可也沒把那些事視爲理所當然。這次是在四月的一個星期天。我那時在二十六街或二十七街拍照，然後決定沿著第十一大道南下回家；時間大約四點，而且漸漸變冷了。我穿的是短褲。穿過二十二街的時候，我注意到一個年輕男子側身擠進一棟磚造建築與路面齊高的凹處裡，講著電話。整個看上去，他彷彿一幅拼圖的角落那一塊。街上沒什麼人。我靠近他，指指我的相機，以嘴型說出：「能拍你嗎？」

他點了點頭，神色平靜，繼續講電話，帶著一副蒙娜麗莎的微笑（還有著她的黑眼睛）；彷彿他根本就是在等候我前來；彷彿打電話只是殺時間，爲了等我終於帶著相機出現。這樣的情況總是有的；這也正是攝影擁有魔力的所在：有的時候，一幅風景落入我眼裡，儼然就是在等著我來拍攝。我來了。

我蹲下身子，拍了好幾張。他變換不同位置，無須我指點，一副模仿模特兒擺姿態的模樣，彷彿電影《名模大間諜》[1]；很有趣。他電話打完了，繼續擺出講電話模樣，配合我的拍攝。我忍不住笑起來。他一開始這樣做，照片便開始看起來很虛假。我停下來。更走近一些。

「你是誰？」他問。我告訴了他。他報了自己名字，D開頭的，說他是個藝術家。他有外國口音，我聽不出來是哪個地方。他在那可以避風的小凹處裡挪出個空間來，我便就著他旁邊坐下。裡頭非常擠迫，我們大腿彼此相觸，比起街上，這裡暖和得多了。一瞬間，一種親密感瀰漫著，彷彿兩個人認識了許久似的，儘管我根本沒聽清楚他的名字，也沒搞懂他說的一切。

他問起我拍的照片，我便用手機讓他看我的網站。有許多張他看得頗為仔細，沒說什麼，只聽到他喃喃說著：「不錯，不錯，不錯……」，然後，他把他的畫作照片展示給我看──別出一格，色彩鮮豔的紅髮女人油畫。不過不是紅色──「是薑黃，」照他的說法，「薑黃色。」他說他迷死了薑黃色，說著展示一張他拍的照片，一個一頭紅髮的女人。他將頭髮放大，直到變成一幅純粹抽象的畫面──閃閃發光的筒狀形象，帶著金色、橘色、紅色。「看到沒？」他說，搖著頭，一副不可思議狀。「這顏色是怎麼來的，你根本想不透。」

我懂了；終於弄懂了他的意思。我跟他說，他應該畫那些放大的畫面——那成束成束的薑黃色頭髮所形成的抽象畫面。

「我愛死你了，」他說，一本正經的模樣，「我們結婚吧。」他說著玩的——在他身旁坐下的那一刻，我就知道他是異性戀——但話中卻也不無某些真心。真要結婚其實未嘗不可，我心裡想——譬如說，他需要一張綠卡之類的：如今，男人可以相互結婚了，女人也一樣。這事到現在還叫我驚訝不已。之前不久，碰到一個有魅力的年輕男子，不過二十二歲吧，多明尼加人，聊起一些事，提到「我和我丈夫」，我當時還想他用錯字眼了——他本意是要說「男朋友」吧。但我錯了。他們有戒指，而且在市政府登記結婚了。我心想：**二十二歲就結婚，太早了吧**——不管是男是女，都一樣。

那位藝術家和我在那兒坐了一陣，互相展示自己手機上的照片。那情形有點像——其實是非常像——兩個男孩子在交換棒球卡，儘管我老得可以做他父親了。他給我看一張照片，他和一堆朋友在布魯克林一次派對拍的，個個看起來都醉醺醺，快樂得不得了，彷彿你到了星期日下午四點才有辦法恢復清醒的模樣。

他伸手從背包裡拿出兩顆橘子——小柑橘——遞一個給我。「像你媽媽一樣，我照顧你。」

我笑起來，投降了，覺得感動。這一切如此不尋常，卻又如此正常。我說，「我有種似曾相似的感覺。」

他卻另有看法。「對我來說，這叫舊夢重溫。」

橘子很好吃。他問了更多關於我的事，我的書和作品，我的經紀人和出版公司。「你願意做我的經紀人嗎？」

「什麼？你要我做你的經紀人？」

「凡你有而我沒有的，我都想要。」他說。

這話一時讓我接不上口。聽起來很美卻又非常怪異。

「我現在有的，你未必都想要，不騙你。」我說。

我忍不住拍拍他的頭。頭髮眞是柔軟。

「我得走了。讓我再拍你一張。」我說，走到一旁去拍，隔著牆，他探頭望著。然後我們交換手機號碼，承諾有一天一起聚聚，去看些展覽。

「等你第一次開畫展的時候，我們一起去參加開幕式。」我說。

他同意。

我們互道再會，我離去之後隨即向那坐在牆凹裡的年輕人發了一條簡訊：「凡你有而我沒有的，我都想要。」

【譯註】

1. 《名模大間諜》（*Zoolander*），一部美國喜劇電影，二〇〇一年上映。

Notes from a Journal

隨筆日記

2015
04.14

我不斷地拍照——每一天，有時候，好幾百張。

如果無法外出，我就把紐約搬到家裡來——詳細描述我在街上遇見的人。

一天結束，我展示我的照片給奧立佛看。他讀他寫的東西給我聽。他一次同時做五、六件事情。他還是個小男孩的時候，手指頭都沾滿墨水。

2015
05.--

我們兩人都處於創意及生產力旺盛的階段。

有些日子裡，我覺得好像希薇亞．普拉斯嫁給了安妮．薩克斯頓[1]——或是安妮．薩克斯頓嫁給希薇亞．普拉斯？——但沒有憂鬱或自殺。

只有詩。

2015
05.01

飛往倫敦的途中，我們將停留一個星期，去看奧立佛的朋友及親戚，或許是奧立佛最後一次去了——然後去多賽特（Dorset）三天：

他在讀《新科學家》（*New Scientist*）一篇文章，研究顯示，當狗凝視著主人時（反之亦然），催產素（所謂「愛情賀爾蒙」）就會分泌；這有助於部分說明陪伴犬的主人對自己的動物所感受到的牽絆。

放下雜誌，他說：「我們應該多多彼此凝視一些。」

「現在就來吧。」我說，於是我們深深凝視彼此。

2015
05.06

午餐時，奧立佛的姪女婿跟我談起他第一次見到奧立佛的情形。大約四十年前，在他未來的岳父——奧立佛的兄長大衛——家中：尼基望向窗外，看到一個高大蓄鬍的男人躺在花園草地上。那人一進屋裡來，「你在幹什麼？」尼基問。

「我在想，變成一朵玫瑰會是什麼樣子。」奧立佛回答。

2015
06.04

在一條沒什麼人的街道上，我發現一大面牆，上面貼了滿滿的紙，當作攝影背景倒是挺有趣——我便在那兒逗留一會兒，等待對的人晃進觀景窗來。試了一兩個路過的人；味道不對。然後，眼角瞥見一個三人組走過來，高大，帶著異國風情；長頸鹿寶寶浮現我心頭。我都還沒說完例行的詢問，他們就說：「沒問題，老兄。」說著便聚集到鏡頭前就定位。我告訴他們我「不讓手機入鏡」的原則，他們倒是挺合作，把手機收口袋裡，沒抱怨什麼。「這還真是瘋狂，老兄，我們才剛拍完照來的——就在街上那一頭。」一個人說。

「古馳（Gucci）。」另一個說。

（真是一點都不古馳，我心裡想。）

他們聞起來有大麻味。

我拍了群體照，然後，以我平常不會有的權威口吻說，「好了，現在我要拍你們每一個人的獨照。」三個年輕模特兒點點頭，很聽話。其中一個站出來。他穿著一件印著蒙娜麗莎的T恤。我要他拿掉太陽眼鏡，他照著做了。然後，有如相機的自動對焦一般，他的容貌立刻凍結成一幅帥氣男孩的影像（他們怎麼做到的？）。我拍了兩張，他站到一旁去，然後他的朋友——金髮的——站上定位。

最後，最高的一個（顯然是這一幫人裡面帶頭的，模特兒老大，要這樣稱他也未嘗不可）走上前來。他有著英國風情，而且優雅迷人。「我可不能拿著這個入鏡。」他小聲說著，指的是夾在兩根手指間的大麻菸。「要抽嗎？」

「好啊。」我說。那菸已經抽到菸屁股了，我吸了一口，就沒了，我回想起自己高中時跟朋友一起嗨的時候，我們總是說菸的最後一截吸起來最嗨——因為大家都認為所有的精華都積在那兒——而且還說，如果把吸入的那口憋在肺裡憋得愈久，你的頭就會一陣快速晃動，讓你看到什麼東西。

我不知道是不是真的如此，但當我透過相機鏡頭一張接著一張拍攝年輕的英格蘭帥哥時，我的腦袋綻放開來。我所看到的，盡是美。

2015
07.05

我上到屋頂，坐到太陽底下，頭上沒有遮陽傘，沒有帽子，我知道，天底下沒有比這更愚蠢的事了，何況你的伴侶還罹患了末期黑色素瘤。但我不在乎；這裡的冬季漫長寒冷，而我覺得自己還沒完全解凍。

我讓自己癱到吊床上，痛痛快快浸淫在陽光裡。

矛盾的是，酷熱卻使我想起寒冬，嚴酷乾冷的一月、二月、三月——失落的月份，那時奧立佛接受診斷，做各項檢查，兩次手術，站在第一大道冰冷的寒風中想要叫一部計程車——運氣沒了——晚上在醫院，傍著奧立佛床邊睡在躺椅上度過。

還不錯的回憶，說真的，但是……。但是……

這讓我想起數年前看過的一集《六十分鐘》，其中一個單元聚焦在一種對創傷後壓力症候群病人具有特效的新藥。這種藥可以有助於抹除創傷性事件的記憶，讓人們得以繼續過他們的生活（至少，就我記憶所及是如此）。關鍵在於《六十分鐘》的記者所提的問題：如果服一顆藥可以讓你忘記某些事，你願意嗎？

幾年過去了，我想過這個問題許多次，答案依舊不變：不，我不願意。

然而，不願意忘記並不等於希望能牢牢記住。

2015
07.07

我一天做兩次伏地挺身，各五十下，奧立佛坐他桌前數著，對應著元素名稱：「鈦、釩、鉻、錳、鐵、鈷……」

奧立佛彈奏一首他從未彈過的舒伯特曲子，意興風發，展現需要「雙手交叉」的絕頂技巧。

我驚訝不置，佩服得五體投地，於是我鼓起掌來。

2015
07.08

奧立佛八十二歲生日前夕，他最新做的電腦斷層掃描帶來壞消息——不妙——比原來預期的更糟：不僅腫瘤復發，癌細胞已經蔓延到腎臟、肺、皮膚。醫師談的不再是另一次栓塞術……而是建議開始注射Pembro——尚在臨床實驗的免疫療法。

真令人憂懼。

奧立佛要繼續辦他的生日派對，不想讓人知道。「奧登說，自己的生日是一定要慶祝的。」他說。

No
Date

「嘿，寶貝。」每進臥室，我都會對奧立佛這樣說。

2015
07.09

他的派對上——

奧立佛要我去拿那瓶一九四八年的卡爾瓦多斯（Calvados）——珍貴的蘋果白蘭地，多年前的一份禮物，封存於一只木箱。我為他打開。

我：「你要杯子嗎？」

奧立佛：「不用，」他說，灌了一大口，眼睛閉著。「太美了，」他一本正經，環顧著房間，「誰想來一口？」

後來，他告訴我，他忘記他已經在遺囑中把那瓶卡爾瓦多斯給了一個朋友。

譯註

1. 安妮·薩克斯頓（Anne Sexton, 1928-1974），美國詩人，以其高度個人化的自白詩知名，一九六七年獲普立茲詩歌獎。

第一次約會

削鉛筆機

「哈囉，先生！」我說。

「哈囉，先生！」阿里說，微笑著。

不愧是個英俊的傢伙，我心裡想——修得齊整的八字鬍，服服貼貼向後梳的黑髮——好一個巴基斯坦的奧瑪．雪瑞夫[1]，《妙女郎》時期的模樣。

「一切都好吧？」

「一切都好，」阿里說，越過櫃台跟我握手，看來在他的新店快樂依舊。

就在那時，一個客人上門，要一包香菸——「美國精神」。年紀二十好幾，將近三十，一頭金髮。穿一件經典的淡藍條紋泡泡紗外套，一件利索的白襯衫，牛仔褲褲腳捲起，手提傑克斯貝德（Jack Spade）帆布公事包。他看來像個爲 iPhone 設計應用程式的人。他看來一副錢多多的模樣。他看來一副有朝一日必成百萬富翁的神氣。

他伸手拿皮夾時，又記起了什麼事——他還沒開口，我就從他的肢體看出來了。「啊！差一點忘了，還要一個削鉛筆機！」

這可出乎我的意料——再怎樣都意料不到——阿里對他指著菸草店後面的角落，我不可置信地看著。

削鉛筆機？**誰還會買削鉛筆機**？**居然還有人賣**？

阿里看出了我的心思：「文具店不要的。」他說，面無表情。

啊，沒錯，那家倒店的文具店，他老闆接手六個月後放棄了。錢都跑到樂透彩券及香菸這邊，多過花在迴紋針及記事本上的，我猜想。

阿里和我一聲不吭看著，穿泡泡紗外套的年輕人伸手從一個高架子上拿了東西轉回櫃台，手裡拿著，沒錯，一個削鉛筆機。紫色的。「最後一個。」他喃喃說道，語帶驚喜。

不記得是我問那年輕人，還是他看到了我臉上的疑惑，他轉向我說：「這是**最好的**削鉛筆機。」但他還意猶未盡。「**最好的**。找不到比這更好的了。」

我點頭表示同意，深信不疑。

「我那個舊的，用壞了。」他看著阿里。「那也是你這裡的最後一個，對不對？真是我的幸運日。」

阿里完全一副無動於衷的神色：「地下室還有好幾百個。」

這使我笑了。

看著年輕人付錢給阿里，我注意到一個現象：那包「美國精神」香菸是淡藍色的，跟他穿的條紋外套一樣，他的打火機，也一樣淡藍色，他明亮的眼睛，也一樣淡藍色。我毫不懷疑，他外表看得到的一切全都在前一晚用心設計、琢磨、測試過——自拍下來然後加以研究——直到完成現在這個經過精心策畫出來的他，《廣告狂人》、《我家也有大明星》及《美國生活》[2]的翻版。我輕易能夠想像得到，他的寓所帶著懷舊調子，他的女友，一身凱特．絲蓓[3]配件，以及他的寵物，一隻㹴犬。但無論如何，對這個年輕人，我還是有一事搞不懂：「爲什麼用削鉛筆機？爲什麼用鉛筆？」

「嘿，有時候，我也會凸槌的。」

「好答案。」我說。

年輕人揮手示意「再見」便離去，或許是到隔壁的「藝術酒吧」會朋友吧。

跟阿里道了晚安，我走第八大道，往南去附近一家我喜愛的餐廳。順著路途，要穿過阿賓頓廣場公園。腳才踏進去，人就兩度掉回到了過去：一次是伴隨著鍛鐵燈柱及長椅，回到早期的紐約，二十世紀的初期；另一次是回到二〇〇九年，我剛搬到這裡，在失眠的夜晚散步時，發現了這個公園。一波懷舊之情席捲而來。我無法直接順著我的路線迅速前往餐廳。我必須坐下來一會兒，沉緬在其中。

這裡光線如此柔美——燈柱撒下的暈黃光線，屋舍窗戶透出的亮光，籠罩頭頂的些許星光。在這個時刻，公園即將休息，裡面只有少數幾人。沒有人講手機，甚至沒有人看著手機。一個遊民在長椅上攤開身體躺著，一對情侶悄聲說著話，一人伴著一犬，右邊遠處，燈柱正下方，一個高個兒黑髮蓄鬍男人邊讀著書邊抽著雪茄。他大概三十五歲左右。他的妻子和幼小的女兒就在附近家裡，我想像著。他爲自己偷點屬於自己的時光。雪茄只剩三、五公分長——他在那裡應該待一陣子了。他是男人的典型，某種非常陽剛的男性，一個紐約人，但就某方面來說，也濡染著他歐洲先人的精神。

我的視線無法離開他。燈光下，他坐那兒，構成一幅美好的畫面。他是如此美麗的一幅畫。他抽了口雪茄，俯身向前，鑽研他的書。我希望，我眞的希望，我帶了相機；要不然我一定會拍下照片。我拚命攔著自己不要這樣做，卻終究不能——我必須至少跟他講講話才行。我問他在看什麼書。他讓我看封面：《與愛因斯坦月球漫步》（*Moonwalking with Einstein*）。「這書應該有助於改善記憶。」他說。

我點了點頭，彷彿懂得，但我不懂，不是真的懂。要記憶什麼呢？我很好奇。他嬰兒時期的時光？詩的段落？那些可以讓他賺更多錢的事實、數字、圖表？或者，甚至這樣的夜晚？

我把他還給他的書和他的雪茄，並道聲晚安。

離去之際，我從口袋裡拿出鉛筆，為我的日記寫下一些隨筆。

譯註

1. 奧瑪・雪瑞夫（Omar Sharif，1932-2015），埃及名演員。代表作品包括《阿拉伯的勞倫斯》、《齊瓦哥醫生》、《妙女郎》（*Funny Girl*）。
2. 《廣告狂人》（*Mad Men*）、《我家也有大明星》（*Entourage*）都是美國電視影集；《美國生活》（*American Life*）則是美國電台節目。
3. 凱特・絲蓓（Kate Spade），美國時裝設計師，以自己名字創辦品牌，作品充滿大膽而色彩強烈的紐約風格。二〇一八年六月因憂鬱而自殺。

好傢伙

Notes from a Journal

隨筆日記

2015
07.11

凌晨醒來，兩點三十分，去看奧立佛，他在床上輾轉不止並且低聲囈語，神智不清。「你還好吧？怎麼了？」

「熱！真熱！」

他的皮膚摸起來確實很熱，而且濕黏，但屋裡卻涼爽。

我翻開所有被褥，幫他脫下睡褲及T恤，去浴室拿一條濕涼的毛巾，放他額頭上，接著擦拭冷卻他裸露的身體。我在床上鋪一條乾浴巾，換掉枕頭套，拿一杯水進來。然後，我將一粒贊安諾掰成兩半，一半給他。

「給你，」我說，「含在舌下。」不是央求，而是命令。他照著做了，我便拿水給他服下。

我們回到床上，相擁而臥。

「你也是這樣對史蒂夫，」他問，「當他夜晚盜汗時？」

「是的，」我低聲應著，「沒錯。」

今晨：一碗藍莓權當早餐。「每一粒都帶來一個量子的愉悅。」奧立佛開心地說，然後又想了想，「如果愉悅可以量化的話。」

2015
07.13

人覺得很累很累，快快處理完晚餐的盤碟，收拾好自己的東西，比平日早些跟奧立佛說我要去睡了並道晚安。他表示知道，他自己也精力耗盡了，於是我們互相親吻。但我走向臥室時，卻聽到他在書桌前叫我。「你知道為什麼我每個星期都要看《自然》（*Nature*）和《科學》（*Science*）嗎？」

我轉過身來。「不知道，」我搖搖頭。我簡直一團混亂；這話實在沒頭沒腦。

「驚奇——我總會讀到一些令我驚奇的東西。」他說。

2015
07.15

奧立佛不再希望家裡有任何訪客，除非他特意邀請：「我沒有時間了，不想再受到打擾！」除了休息，他就是工作，不停地。

便條紙筆記

7/17，星期四：從拉瓜地亞到杜倫，啟程 @ 2:29 P.M.；抵達 @ 4:20 P.M.

7/19，星期六：從杜倫到拉瓜地亞，啟程 @ 11:05 A.M.；抵達 @ 12:30 P.M.

2015
07.18

今天下午拜訪杜克大學（*Duke University*）的狐猴研究中心（*Lemur Research Center*）。

我們睡得還不錯，但奧立佛凌晨三點就醒了，兩腿小腿肚及腳嚴重抽筋，兩腳腳背持續彎曲疼痛，嚴重僵硬到花了半個小時按摩才舒緩。是脱水造成的嗎？他的小便再度變黑。

晚上：

「我認為這是我見過最美好的景象。」在我們驅車離開狐猴中心時，奧立佛平靜地說，「狐猴的生命力如此之美……還有那些照顧牠們的人的奉獻。」

2015 07.25

在鄉間：奧立佛完成一篇短文，修潤了兩篇——至少另外兩篇。「東西寫得如何了？」我問，剛小睡醒來。

他頑皮地笑笑。「我想停下來，但沒辦法。」又回去繼續寫。我注視著。這裡沒有精美的書桌，只有一張摺疊桌。只要一塊墊板、他的自來水筆、一張舒適的椅子，此外他別無所求。他整個人全神投入，邊寫邊唸——意識領先筆尖半步。

後來我們去游泳。池水呈現澄澈的翡翠綠，泉水含銅與鐵過高所致。

「你正在礦物元素中游泳，」我對奧立佛說，「游在一池的銅裡面。」

「漂亮。」他喃喃說著，一邊仰泳。

2015
08.01

他彈奏貝多芬——並不常彈——悠長而縈繞不去的曲子，複雜的曲子——他慣常只彈巴哈的前奏曲，而且總是彈彈歇歇。

散步時，他伸手過來拉我的手，不僅是為了穩住他自己，也是為了要握住我。

研究巴哈，二〇一五年八月

2015
08.04

從醫院回家：

外科醫師在他腹部植入一根導管，引流腫瘤的積水：奧立佛痛得很不舒服，嚴重作嘔。醫師說，他必須進食喝水以維持體力。他唯一想吃的東西是魚凍丸[1]。

我們先到「羅斯父女的店」去訂，然後決定去別家試試做個比較。

我搭地鐵到上西區的穆瑞鱘魚店。他們有外送，但離開公寓出來走走，真的讓我可以喘息一下，儘管這是個陰鬱、落雨、溼答答的八月天。

一個排隊等候的女子聽到我說是來取奧立佛．薩克斯訂的貨。

「是那個奧立佛．薩克斯嗎？」她忍不住問道。

我點頭。

「他是個非常了不起的人。很難過他病了。」

櫃台後面的猶太老人點頭小聲說道：「沒錯。」我要付帳，但他拒收。我淚水盈眶，向他道謝。我一路哭著去地鐵，感謝下雨。

2015
07.11

沒有日期：

我發現奧立佛躺臥床上，眼睛閉著：「要寫給不同的人的信都在我心裡寫好了。」他解釋，是向朋友和家人道別的信。後來，他開始口述這些信件給凱蒂和我寫下；持續口述簡直太辛苦了，他要說的實在太多太多。每一封都是按照不同對象而寫的個別信件，當然，很快就收到了回信。

我是不是也應該寫封信給他呢？這事讓我非常放不下。

有天我直接脫口而出：「如果我沒寫封信給你，希望你原諒我。」

「這是信的開頭嗎？」奧立佛說，微微笑著。

「沒錯，一封我不知道該說些什麼的信。我如何說得了你對我代表的每一個意義？」

「過來。」奧立佛說，摟住我。

2015
08.10

奧立佛在寫一篇新東西：〈安息日〉（Sabbarh）。他偶爾會提出一個小要求，總是措辭客氣：「拜託你好心幫個忙，用你的小盒子幫我查個東西好嗎？」「小盒子」是他給 iPhone 取的名字；他覺得 iPhone 這個字發音太難聽，說不出口——「甚至連個字都不是，」他指出，「是個商標。」有的時候，如同影集《星際爭霸戰》裡面那樣，將手機稱為我的「通訊器」[2]。

今天，他要我查的是拉丁字 *nunc dimittis* 的意思。其實每次總是這樣，對奧立佛來說根本就不需要查；他自己心裡早就有正確答案了：*nunc dimittis* 的意思是「宗教儀式中最終的頌歌」[3]。

2015
08.11

我，在臥室外面的地板上打地鋪（這樣才不會吵到他），被奧立佛的呵欠聲弄醒——好可愛的聲音，像小狗似的。

「我睡得好舒服啊！」他說——如此容易失眠的一個人，難得聽到他這樣說。時間是凌晨兩點。他要用浴室。

「抱住我，」我指示他。他將兩臂繞著我的脖子，我拉他靠近自己，讓他在床沿坐起身子，然後讓他站起來，停一會兒，確定他站穩了。我親吻他頸項。「一天之中這是我最喜歡的部分。」我對他說。

奧立佛越來越放得下，任由事情過去，無關緊要的事：津津有味地開懷大嚼魚凍丸才持續數日，如今他愛的只剩下果凍——「魚丸，夠了。」甚至連游泳也不再有吸引力——「風險的比率再加上不舒服，遠超過所能帶來的好處。」最主要是因為導管，有感染的危險。

他越來越常，無意識地，一直閉著眼睛。無論進食、講話、聽我們為他讀東西時，他的眼睛都閉著，彷彿他將視力只保留給寫作用。

然而，並非一切都令人沮喪。

昨天夜裡，去跟他道晚安：

「我的愛，」他說，迎著我彎身給他的親吻。

「好好睡（sleep well）。」我說。

停頓。

「你說什麼來著？」奧立佛問。

「好好睡。」

「喔，我還以為你說『哇！』[4]，我不知道你指的是什麼事，但似乎是在說很正面的事。」

我們呵呵笑了起來。

2015
08.15

奧立佛越來越無法順利閱讀——無論拿放大鏡或拿書都太過於吃力——所以只好要求我們——凱蒂、哈利、海莉、奧琳，任何和他一起的人——讀給他聽。他不喜歡職業性的錄音書——一點都不。

我們讀H・G・威爾斯的小說、《數學大師》（*Men of Mathematics*）、《福爾摩斯》、《奧德賽》……

「我喜歡這樣，我喜歡讀給你聽，」我告訴他，「我覺得跟你很親近。」

他點頭。「這變成了另一種形式的親密。」

2015
08.16

凌晨三點，進他房間去看看他：

奧立佛：「你怎麼知道……？怎麼知道我醒了？」

「我可以聽到你在笑。」我說。

昨晚他醒來兩次。第一次，我們去到廚房。我扶他坐椅子上，他吃了橘子果凍（「真爽口！」他喃喃說著），還喝了一點蛋白乳。稍晚，他第二次醒來，坐在床上，我拿果凍給他。他東倒西歪的模樣很可愛。我面對他坐著。他停下動作，以困惑的眼光看著我：「我們不提飛機去什麼地方吧，是不是？」

「沒有。」我平靜地回答。

奧立佛笑了，接著開始跟我講一個「瘋狂暴烈的夢」，夢到硬是要把一輛Edsel車[5]駛過一道太過狹窄、不太可能過得去的門——最後，人們必須把門整個打掉才讓車子過去。

「你看過Edsel車嗎？」他問我。

「只看過圖片。」

「可笑的車。」他說，搖搖頭。

2015
08.16

「我說我愛寫作，但我真正愛的是**思考**——思想的湧流——在大腦中形成新的連結。而且突如其來。」奧立佛笑著。「在這樣的時刻：我感受到這種世界的愛，思想的愛……」

凱倫，第十四街

2015
08.22

今天早上，奧立佛：「我那些游泳的東西你都可以丟了，你覺得自己用的上就留著。」

突然間，從床上，傳來簡潔幾句：「手稿！我要看手稿。還有鉛筆！我的老花眼鏡！」

我的心碎了。

2015
08.23

「你想要什麼，薩克斯醫師？」安寧護士說，「你希望如何過去？」

「在家裡。」奧立佛回答，聲音清晰堅定。「沒有痛苦，沒有不舒服，和身邊的朋友在一起。」

這樣說需要多大的勇氣，我心裡想——當然，說到勇氣，絕對不是旁人所能置喙的。但其為勇氣，常在我心。

「沒問題，很好，我們一定尊重你的願望。」護士說。
「謝謝你。」他說。

2015
08.28

奧立佛，之前完全沒有食慾，突然要求午餐要吃煙燻鮭魚和 Ryvita 全麥餅乾。他堅持要我們讓他離開床，穿上他的「晨袍」，帶他到他的桌邊，還有，「去看看我的鋼琴」。我們為他拿來一個盤子：帶著無比的尊嚴，緩慢地，他仔細一次切下一塊。他只吃得下三口。當我建議他是否來點甜的東西——一點冰淇淋？他說：「不，一個梨子。」他吃了一片，便要求我們帶他回床上。

2015
08.29

我在他身邊，在臥室裡，凱蒂、莫琳（我們的安寧護士）和我從清晨五點半就在這裡密切注意著。那時莫琳叫醒睡在另一個房間的我，「比利，快來——他的呼吸有變化。」他的呼吸慢到每分鐘只有三到四次——呼吸之間是悠長的無聲。他已經失去知覺。他伸展身體斜對角躺在床上，看起來很安詳。莫琳陪伴過許多臨終病人，告訴我們這是最後階段，但有可能持續好幾個小時，也許好幾天。

沒多久之前，我環顧了一下房間裡頭，到處堆著床單、毛巾、紙尿褲、墊子、藥物、一個氧氣瓶及其他醫療設備，於是我動手整理，全都清掉。首先，我把奧立佛的全部作品成疊搬進來，清出床邊一張桌子，把作品全放到上面。我又搬來一株鐵樹和一盆蕨類。凱蒂加入我，我們清出更多的空間，並將另一張桌子空出來，放置奧立佛喜愛的一些礦物及化學元素、他的自來水筆、一塊銀杏化石、他的懷錶。別的地方，擺上數本他的英雄寫的著作——達爾文、佛洛伊德、盧力亞、埃德爾曼、湯姆·岡恩[6]——以及相片：他的父親、奧登、他母親年輕時與十七個兄弟姊妹的合照、他的叔嬸、他的兄弟。我們布置鮮花及蠟燭。

我心已碎但平靜。

昨夜，打算小睡一下之前，我進來看看他是否需要什麼。我幫他把被子塞好，並親吻他的額頭。

「你可知道我有多愛你？」我說。

「不。」眼睛閉著。他在微笑，彷彿看到美麗的事物。

「非常非常愛。」

「好，」奧立佛說，「很好。」

「祝好夢。」

〔譯註〕

1. 魚凍丸，一種猶太食物。
2. （編註）一九六六年首播的《星際爭霸戰》（*Star Trek*）影集裡面出現跨時空傳遞訊息的通訊器，造型與掀蓋手機頗為神似，但並非以按鍵操作，而是轉鈕。
3. （編註）Nunc dimittis 本為《聖經》中西面（Simeon）稱頌神的話語，表示：「如今可以釋放僕人安然逝去」，見《路加福音》第二章二十九—三十二節。後成為頌歌《西面頌》，或稱《謝主曲》。
4. 英文為wow，有讚嘆的意思。
5. Edsel，福特系列車款，一九五七年推出，結果以失敗收場。
6. （編註）盧力亞（Luria）是蘇聯神經心理學家，其著作《記憶大師的心靈》令薩克斯深受啟發，在撰寫《睡人》時便以該書為榜樣。埃德爾曼（Edelman）為美國生物學家，一九七二年因免疫系統研究而獲得諾貝爾獎，他提出神經達爾文主義假說，主張人類神經元的增長與連結是回應環境刺激而篩選增刪，薩克斯深受這項理論震撼。湯姆．岡恩（Thom Gunn）為薩克斯年輕時在舊金山結識的詩人，兩人亦師亦友，互相討論彼此的著作。

奧立佛的元素週期表

家

星期天，清晨四點左右，兩位殯儀館人員來到公寓。兩個人都矮壯，看起來孔武有力，但卻散發著溫和、肅靜。他們進到臥室來照料奧立佛。極盡莊重有禮。在那個時刻，我們將奧立佛的遺體用輪床帶著下樓時，人行道和街上空無一人，他們小心翼翼將他放進等待的廂型車裡。我心底爲此由衷感激：夜色蓊鬱覆蓋，黑暗而溫暖，一如他們覆蓋在他身上的絲絨毯子。

我將他屋裡略爲整理一下，便回到自己住處。我窩到自己床上，一個多月來的第一次；覺得這床對我來說似乎過大。時間已近六點。我閉上眼睛。一時間，我覺得疲憊、感激、平靜、遍體鱗傷、悲傷、有智慧了、老了。覺得自己有如終於登岸的奧德賽。

★

那天晚上，我第一次踏出家門。外面傾盆大雨，一場讓一切溼透的夏雨，將人行道沖刷得清潔溜溜的那種。我不知道如何安頓自己。我去阿里的店裡看他。他問我過得如何。「奧立佛今天死了。」我說。

早先，我發了些電子郵件給朋友和家人，但眞正說出這幾個字，這還是第一次。起先，阿里看起來似乎沒有聽懂我的話——他一直以來都只知道他是醫師，不是奧立佛——但接著就明白了。他柔聲表示同情，並說他會爲我們禱告。我謝謝他。我無措地在那裡站了一會兒，阿里從櫃檯後邊出來陪我站著。店裡沒有其他人。我們看著外面的雨。

「他們說下雨的機率是百分之十！」阿里說，「百分之十！下成這樣？這算什麼？」

「這是奧立佛，」我對他說，「奧立佛要讓我們知道……」

我並不眞相信這一套，但說出來覺得好些。

阿里點了點頭。「是的，他在說：『現在一切都好了。』」

車子呼嘯而過，計程車，一輛警車，接著又一輛，紅燈，鳴笛。阿里搖著頭，一副不屑的神情，然後告訴我一個故事：「一天晚上，我聽到聲音——警笛、閃燈——條子把車就停在店門口。這裡，那裡。」他比著手勢，指著外面的人車分隔磚。「我心想：『沒發生什麼事啊，我又沒叫條子，不知道怎麼了？』沒想到他們下了車卻走進店裡，那個警察，她對我說……」

「是個女警？」

「沒錯，警察女的，她說：『我要買樂透。』」

阿里解釋說，那天彩券的頭獎獎金確實很高。然後他咧開嘴笑著搖頭，彷彿故事已經講完。

「等一下，讓我搞清楚：眞的沒有緊急事情？沒發生狀況？」

阿里一臉老神在在。「沒錯，眞的沒事，我沒做什麼不對的事，我從不做這種事的。她買了好幾張彩券。」

「所以結果呢？」

「她簽她的警徽號碼，中了兩百塊，和她的搭檔分了。」

「沒給你吃紅？」

阿里看著我，一副表情似乎在說：「**你剛搬來這裡的嗎**？**你沒瘋吧**？」

「沒！什麼都沒！他們上了車，重新響起警笛，走了。」

我笑了，許多天來的第一次。「謝謝你，阿里。」
「不客氣，我的朋友。」

後記

我遇過一個女太空人，是太空梭上的一名工程師，完成過五次任務。她告訴我，人在太空中，最酷的事情不是無重狀態，也不是以令人無法置信的速度航行，而是從數百英哩遠的太空眺望地球的景象。地球之美，令你難以想像。而且當你環繞軌道時，太陽一天升起十六次。

那種感覺大約可以總結我對紐約的感受。我發現，我必須離開紐約才能眞正看清楚自己在這裡的生活，並寫出這本書——這本書絕大部分寫於羅馬，爲期五個星期，在奧立佛死後不到半年。

一天晚上，我沿著台伯河散步。我打算走自己慣常的路線——走過西斯托橋，穿越法爾內賽宮——但當燈號轉綠，我改變主意向西而行。我在馬志尼橋右轉，在橋中間停下來。有人說，羅馬是個龐大、強悍的城市，屹立不搖，但我卻一點都不這麼覺得（他們來過紐約嗎？）。羅馬，在我看來，溫和且神奇。太陽剛落，光線非凡無倫——朦朧的瑰紅帶著金黃的紫色，那光彩是照片無法捕捉，文字也同樣難以描述的。

我從外套裡摸出一枝筆，在一張皺巴巴的地圖上——那是我背包或衣服口袋裡唯一可以當作紙的東西——給自己寫了幾句話：

生活在羅馬，讓我希望我
生活在巴黎，讓我希望我
生活在阿姆斯特丹，讓我希望我
生活在冰島，讓我希望我
回到家。
紐約。

回到家，這些日子裡，我發現自己最常被問到的問題（除了「你過得還好嗎？」之外），就是：你還要留下來嗎？還要留在紐約嗎？

「說到『留下來』，你的意思是永遠嗎？」我欲問還休。在這裡待到死去嗎？直到老得無法照顧自己，如同父親那樣？

我的答案是：「暫時如此。」但我不知道，不是那麼確定。四十八歲搬到紐約，若問我從中學到了什麼，答案是我可以到任何一個新的地方重新開始。但每想到就此揮別，明白自己會有多思念這裡，我就痛苦到無法想下去。

我記得很清楚，溫蒂有一次跟我說，她愛紐約，愛到無法忍受「紐約繼續前行卻沒有她在其中」這種念頭。這話聽起來，極盡哀傷與浪漫——哀傷，是因為紐約永遠無法回報這樣的情感，哀傷還因為這話更像是在講一段纏綿的愛情——丈夫、妻子、女友、伴侶、情人。你無法想像他們沒有你的日子怎麼過。但他們過來了。我們過來了。每天，我們醒來時或許會說，所為何來？為什麼要繼續下去？而絕無僅有的唯一答案是：為了活下去。

——紐約，二〇一六年八月三十日

高架橋下

致謝

謹此感謝約翰・西蒙・古根漢紀念基金會（John Simon Guggenheim Memorial Foundation）及里昂・賴維基金會（Leon Levy Foundation），感謝他們對我的作品的大力支持，同時感謝藍山中心（Blue Mountain Center）及羅馬美國學院（American Academy in Rome）提供我思考及寫作的時間和空間。

我得之於朋友及家人的同樣豐盛。特別要感謝我傑出的經紀人 Emily Forland 及她的助理 Emma Patterson，兩位都爲我提供了許多可貴意見；感謝《紐約時報》的編輯 Peter Catapeno，本書早期幾篇文章的編輯多有賴他的巧思；感謝《維吉尼亞評論季刊》（*Virginia Quarterly Review*）；感謝我知心的朋友 Steven Barclay；感謝 Jane Breyer、Paul Wisotzky 及 Melaine Zimmerman 兩次的協助（以後還有更多）；感謝 Joal Canarroe、Kate Edgar、Mark Morris及Richard Rodrriguez 的鼓勵和支持；感謝 Lisa Garrigues 在關鍵時期詳細校讀原稿；感謝Cindy Loh、George Gibson、Alexandra Pringle及Bloomsbury在美國和英國的整個團隊；特別要感謝我的長期編輯和朋友南西・米勒（Nancy Miller），她對我的作品始終信任，我將本書題獻給她，帶著滿心感激。最後，我要肯定我的第一個經紀人，已逝的傑出經紀人溫蒂・威爾（Windy Weil），幾年前的某一天，她深深看著我的眼睛說，我真的應該考慮寫一本紐約的書。

附錄：延伸閱讀

奧立佛・薩克斯作品

- 《錯把太太當帽子的人》（2018），天下文化。
- 《火星上的人類學家》（2018），天下文化。
- 《薩克斯自傳（原書名：勇往直前）》（2017），天下文化。
- 《幻覺》（2014），天下文化。
- 《腦袋裝了 2000 齣歌劇的人》（2008），天下文化。
- 《蕨樂園：腦神經外科權威的墨西哥之旅》（2004），馬可孛羅。
- 《看見聲音：走入失聰的寂靜世界》（2004），時報出版。
- 《鎢絲舅舅：少年奧立佛・薩克斯的化學愛戀》（2003），時報出版。
- 《色盲島》（1999），時報出版。
- 《睡人》（1998），時報出版。

其它延伸閱讀

- 《地下紐約：一個社會學家的性、毒品、底層生活觀察記》（2018），蘇西耶・凡卡德希（Sudhir Venkatesh），八旗文化。
- 《讓傷痕說話：一位精神科醫師遇見的那些彩虹人生》（2018），徐志雲，遠流。
- 《微笑，告別：對臨終者的精神幫助》（2018），陳世琦，心靈工坊。
- 《凝視太陽：面對死亡恐懼》（2017），歐文・亞隆（Irvin D. Yalom），心靈工坊。
- 《同志文學史：台灣的發明》（2017），紀大偉，聯經。
- 《一日浮生：十個探問生命意義的故事》（2015），歐文・亞隆（Irvin D. Yalom），心靈工坊。
- 《因爲愛，讓他好好走：一位重症醫學主任醫師的善終叮嚀》（2015），黃軒，寶瓶文化。
- 《紐約學》（2015），黃致鈞，時報出版。
- 《拉拉手，在一起：女同志影像故事》（2015），王嘉菲，木馬文化。
- 《說好一起老》（2015），瞿欣怡，寶瓶文化。

- 《摯愛20年：我與葛瑞的同性婚姻情史》（2014），許佑生，心靈工坊。
- 《如果今天就要說再見：10堂教你瀟灑活著、充滿勇氣的生死學》（2012），羅耀明，心靈工坊。
- 《我愛她也愛他：18位雙性戀者的生命故事》（2011），陳洛葳，心靈工坊。
- 《好走：臨終時刻的心靈轉化》（2010），凱思林・辛（Kathleen Dowling Singh），心靈工坊。
- 《衣櫃裡的親密關係：台灣同志伴侶關係研究》（2009），謝文宜，心靈工坊。

心靈工坊 PsyGarden
Caring 092

不眠之城：奧立佛・薩克斯與我的紐約歲月

Insomniac City: New York, Oliver, and Me

比爾・海耶斯（Bill Hayes）—著

鄧伯宸—譯

出版者—心靈工坊文化事業股份有限公司
發行人—王浩威　總編輯—王桂花
執行編輯—趙士尊　特約編輯—鄭秀娟
封面設計—羅文岑　內頁排版—李宜芝
通訊地址—10684台北市大安區信義路四段53巷8號2樓
郵政劃撥—19546215　戶名—心靈工坊文化事業股份有限公司
電話—02）2702-9186　傳真—02）2702-9286
Email—service@psygarden.com.tw　網址—www.psygarden.com.tw

製版・印刷—彩峰造藝股份有限公司
總經銷—大和書報圖書股份有限公司
電話—02）8990-2588　傳真—02）2990-1658
通訊地址—248新北市新莊區五工五路二號
初版一刷—2018年10月　ISBN—978-986-357-132-2　定價—550元

國家圖書館出版品預行編目資料

不眠之城：奧立佛.薩克斯與我的紐約歲月 / 比爾.海耶斯(Bill Hayes)著；鄧伯宸譯. -- 初版. -- 臺北市：心靈工坊文化, 2018.10
面；　公分

譯自：Insomniac city : New York, Oliver, and me

ISBN 978-986-357-132-2(平裝)

874.6　　107017470